vmn

Der Autor

Peter Ritter wurde 1966 in Kronach geboren. Er lebt seit 1986 in Bamberg, wo er heute als Lehrer für Englisch, Informationstechnologie und Kunsterziehung tätig ist. Nebenbei schreibt er Schultheaterstücke und Romane und tritt als Sänger und Gitarrist von Bands auf.

Peter Ritter

Hütten-Horror

Kriminalroman

vmn
Verlag M. Naumann

Verlag M. Naumann, **vmn**, Hanau, 2011
Druck: Aalexx Buchproduktion GmbH, Großburgwedel

ISBN 978-3-940168-91-7

1. Auflage 2011

Bibliografische Information der Deutschen Nationalbibliothek
Die Deutsche Nationalibliothek verzeichnet diese Publikation in der Deutschen Nationalbibliografie; detaillierte bibliografische Daten sind im Internet über http://dnb.ddb.de abrufbar.

Herzlichen Dank an alle, die mich bei der Arbeit an *Hütten-Horror* unterstützt haben. Besonders hervorheben möchte ich Polizeihauptkommissar Rainer Wolfschmitt, der mich in Sachen Polizeiarbeit beriet und Uwe Schillhabel, der das vollständige Werk als erster sichtete.

Für Nora, Regina, Thomas
&
alle Kinder der Achtziger

**Die Hölle ist leer,
und alle Teufel sind hier!**

William Shakespeare, ›Der Sturm‹

Prolog

In einer kleinen Ortschaft irgendwo in Hessen röhrt ein dunkler, rostiger Mittelklassewagen bei Rot über die Ampel. Um einen Strafzettel machen sich die drei Insassen keine Sorgen. Ein Streifenwagen steht zwar nur ein paar hundert Meter hinter ihnen, aber sie erhöhen den Abstand in rasender Geschwindigkeit und die beiden Polizisten werden ihnen sowieso nicht mehr folgen. Die vermummte Gestalt auf dem Beifahrersitz flucht trotzdem unaufhörlich vor sich hin.

Sie nehmen die nächste Ampel bei Rot, eine alte Dame im grauen Wintermantel springt erschrocken zurück und fällt, ihr Gatte, der am Stock geht, kann sie nicht auffangen. Hinter dem aufgehäuften Schnee am Fahrbahnrand steht ein weiterer Passant auf dem Gehweg und schimpft dem Auto mit erhobener Faust nach, aber er hat keine Chance, sich das Kennzeichen zu merken. Alles geht viel zu schnell, und Sekunden später brettert das Auto am Ortsschild vorüber, hinaus auf die Landstraße, vorbei an den Wiesen, die unter einer dicken Schneedecke liegen.

Die Räumdienste waren fleißig, der Fahrer kann weiter aufs Gas treten, auch das milde Wetter ist auf seiner Seite. Er reißt sich die Sturmhaube vom verschwitzten Kopf, wirft sie weg und konzentriert sich auf die Fahrbahn, deren Begrenzungspfosten im Sekundentakt an ihm vorbeifliegen.

Auch die beiden Anderen ziehen hektisch ihre dunklen Hauben ab und feuern sie neben sich.

»Du Arsch!«, bellt der Beifahrer rasend vor Wut und starrt mit funkelnden Augen über die Schulter zum Mann auf dem Rücksitz. »Was baust du hier für eine Scheiße, häh?«

»Das war ein Bulle, Mann!«, brüllt der zurück.

»Ja eben drum, du Schwachkopf! Also, wieso hast du das getan, häh?«

»Na, gerade weil's ein Drecks-Bulle war! Der musste weg!«

»Quatsch! Der hätte uns doch eh nie gekriegt! Du krankes Arschloch! Du reitest uns hier alle in die Scheiße, verflucht noch mal!«

Krachend haut er die Hand aufs Armaturenbrett.

»Ach leck mich!«, kreischt der Andere, dass sich seine Stimme überschlägt.

Der Polizist, um den es geht, liegt rücklings auf dem matschigen Gehweg vor der einzigen Pizzeria des Ortes.

Im Fenster für den Straßenverkauf taucht vorsichtig der Kopf eines jungen Italieners auf, der sehen will, ob die Luft wieder rein ist.

Neben dem Polizisten kniet sein Kollege. Der fand ihn so, als er herausstürmte, nachdem er einen Schuss gehört hatte.

Er reißt sich den Schal ab und presst ihn auf die stark blutende Wunde auf der Brust des Verletzten.

Aus der Bank schräg gegenüber kommt zögernd eine junge Angestellte in Bluse, Rock und Winterstiefeln. Sie schaut sich ängstlich um. Als sie die Polizisten sieht, will sie um Hilfe rufen, lässt es aber, als sie die Situation erfasst.

Passanten stehen mit offenen Mündern herum.

»Halt durch, Klaus!«, ruft der kniende Polizist und zückt das Funkgerät. »Das wird schon wieder!«

Klaus fängt an zu zittern und sieht mit weit aufgerissenen Augen zu seinem Kollegen hinauf. An seinem Gürtel steckt die Dienstwaffe gesichert im geschlossenen Halfter. Klaus röchelt, hustet und spuckt Blut.

In der Blues-Bar I

Es war eine bitterkalte Winternacht und aus dem fränkischen Himmel rieselten dicke Schneeflocken. Sie hatten es nicht eilig auf ihrer Reise hinunter zur Erde und tanzten wie kleine Waldfeen verspielt in der eisigen Brise.

Langsam sanken sie tiefer hinab, bis irgendwann die Lichter der nächtlichen Stadt in der Dunkelheit auftauchten, warme gelb-orange Lichter hinter den wenigen Fensterkreuzen, wo man noch wach war. Bläuliches Flackern laufender Fernsehgeräte mischte sich darunter. Geborgen im trauten Heim ließ mancher den vergangenen Tag ausklingen. Auf den Ziegeldächern der Altbauten schimmerte der Pulverschnee silbern im Mondlicht.

Wie gelbe Glühwürmchen strahlten Kerzen von Weihnachtsbäumen am Maxplatz, Schönleinsplatz oder anderenorts, Weihnachtssterne aus grünen Kunstzweigen und altmodischen Glühbirnen schwangen sacht über den Eingängen der zahlreichen Geschäfte der Altstadt.

Auch der Bamberger Dom war noch erleuchtet. Der Domplatz lag unter einer dicken Schneedecke, ebenso die am Fuße des Dombergs entlang verlaufende Straße, die Sandstraße, Bambergs berühmte Kneipen-Meile inmitten der Altstadt. Jetzt war sie beinahe ausgestorben, ganz Bamberg schien wie ein großer Braunbär im Winterschlaf.

Die wenigen, die noch unterwegs waren, stapften mit den Händen in den Jackentaschen und hochgezogenen Schultern eilig durch den Schnee, bemüht, möglichst schnell der klirrenden Kälte zu entkommen und die warme Stube zu erreichen. Manch einer kam dabei ins Rutschen und musste Acht geben, nicht zu stürzen.

Schräg über einem Fenster aus orange-braunem Glas hing das Schild einer Kneipe, das von einem kleinen Spott beleuchtet wurde. Einige Schneeflocken beendeten ihre Reise auf der Fensterbank darunter.

Wenn Schneeflocken sehen könnten, so hätten sie auf dem Schild den Schriftzug *The Blues Bar* erkannt. Und wenn Schneeflocken hören könnten, so hätten sie vielleicht dem Stimmengemurmel und der amerikanischen Bluesmusik gelauscht, die leise durch das Fenster hinaus in die Nacht drangen.

»Kein Mord in diesem Jahr«, stellte Kriminalhauptkommissar David Schreiber fest. Der große, schlanke Mann mit dem kurz geschorenen graumelierten Haar saß zufrieden bei einem Pils an der Bar und beobachtete das Kneipenpersonal, wie es auf der anderen Seite des Tresens seiner Arbeit nachging.

Sam, der Englisch sprechende Barkeeper, schenkte gerade einige Schnäpse ein, während Lucy, die junge Bedienung, ein Bier vom braunen Fass zapfte.

»Nun ja, noch hat das Jahr ein paar Tage«, gab Schreibers Kollege, Kriminaloberkommissar Peter Aurich, zu bedenken.

Er lümmelte zwei Hocker weiter. Im Gegensatz zu Schreiber trug er sein spärliches braunes

Haar lang und zu einem Pferdeschwanz gebunden. Er klopfte drei Mal aufs Holz. »Hoffentlich behältst du Recht.«

Die beiden Polizisten spielten zusammen in der Blues-Band *B. Bulls* und waren Stammgäste in der *Blues Bar*, wo es fast täglich Live-Musik gab. So war es auch an diesem Dienstag, den 29. Dezember 2009. Zwei Räume weiter, wo über dunklen Holzpanelen zahlreiche Instrumente – meist Gitarren – sowie Fotos schwarzer Bluesmusiker die Wände zierten, sang ein Amerikaner mit langen grauen Haaren Mississippi-Delta-Blues. In einem ausgewaschenen blauen T-Shirt spielte er dazu Gitarre, vor dem gut gelaunten Publikum, in dem vom Studenten bis zum Rentner alle Altersklassen vertreten waren. Viele zog es nach den mehr oder weniger geruhsamen Weihnachtsfeiertagen wieder hinaus ins Bamberger Nachtleben. Auch Kriminalhauptkommissarin Sophie Thiele, die zwischen Schreiber und Aurich saß. Aus Faulheit, sich aufwendig zu frisieren, hatte sie ihr braunes Haar wieder einmal zu einem Pferdeschwanz gebunden.

Schreiber gefiel das richtig gut. Schon seit Jahren war der glücklich geschiedene Mann hoffnungslos verliebt in seine schlanke Kollegin – eine Liebe, die auf Gegenseitigkeit beruhte und nur wegen Thieles Bilderbuch-Ehe mit ihrem Mann Pete nicht weiter vertieft wurde. Das Familienglück wurde gekrönt von der gemeinsamen Tochter Luisa, die inzwischen neun war.

»In den vergangenen zwei Jahren war aber auch ganz schön viel los für Bamberger Verhältnisse«, erinnerte Thiele.

Sie brauchte nicht zu erklären, worum es ging. Ihre beiden Kollegen vom Kommissariat 1 für Delikte gegen Leib und Leben wussten sofort, was sie meinte: Im Frühjahr 2007 hatten die Morde an Joggerinnen im Hain, dem städtischen Park, Bamberg erschüttert, und im September 2008 war ein Student brutal in seiner Wohnung erstochen worden. Ziemlich viele Verbrechen für eine Stadt von Bambergs Größe – etwa 70 000 Menschen wohnten hier.

Aurich blickte über die Schulter und erkannte schemenhaft das dichte Schneetreiben hinter der milchigen Fensterscheibe. »Brr«, machte er und schüttelte sich.

»Bei dem Wetter sind wohl selbst Mörder zu faul.«

Thiele und Schreiber nickten brummend. Die drei Kommissare waren froh, im Warmen zu sitzen. Sie trugen dicke Pullis, und die behagliche Wärme vom alten, braunen Ofen im mittleren Raum war fast schon zu viel des Guten – aber nur fast.

Zufrieden lauschten sie der Bluesmusik, tranken und beobachteten das Kommen und Gehen in der Kneipe.

»In Nächten wie diesen muss ich manchmal an meinen ersten spektakulären Fall denken«, sagte Schreiber irgendwann. »Da war es genauso kalt wie heute. Und der Schnee lag sogar noch höher!«

Thiele und Aurich brummten wieder und starrten, eingelullt von der Musik, vor sich hin.

»Hallo?«, wunderte sich Schreiber. »Habt ihr mir überhaupt zugehört?«

Seine beiden Freunde zuckten erschrocken hoch.

»Wir sitzen hier in der Kneipe und unterhalten uns, verdammt noch mal«, motzte Schreiber und rutschte nervös auf dem Hocker herum.

»Also: Jetzt müsste eigentlich einer von euch fragen, was mein erster spektakulärer Fall war, okay?«

Erwartungsvoll blickte er die Beiden an.

»Tschuldigung«, brabbelte Aurich kleinlaut.

Thiele musste grinsen. Theatralisch räusperte sie sich und fragte: »Sag mal Tiger: Was genau war denn nun dein erster spektakulärer Fall? Ich erinnere mich nicht, dass du uns schon einmal davon erzählt hast.«

Sie legte interessiert den Kopf schräg und lächelte Schreiber spitzbübisch an.

Der schmunzelte zufrieden.

»Geht doch, Schnegge«, sagte er. »Also, so ein richtiger Fall war das eigentlich gar nicht. Es war mehr ein Riesenschlamassel, in den ich mit meinen damaligen Freunden hineingeraten bin – nichtsdestotrotz, als junger Polizist war es sozusagen meine erste Begegnung mit dem Verbrechen, meine erste große Herausforderung …«

»Jetzt Schreiber. Mach's nicht so spannend«, quengelte Aurich.

»Erzähl schon, Tiger«, drängte Thiele.

Schreiber atmete noch einmal tief durch, nahm einen großen Schluck Pils und erzählte.

1 Die Clique

Es geschah auf den Tag genau vor 24 Jahren, also 1985.

Ja – in den Achtzigern. Mann, war das eine Zeit! Das Kabelfernsehen war auf dem Vormarsch, aber die meisten von uns empfingen immer noch nur drei Fernsehprogramme über Antenne. Kaum einer hatte einen Computer und ein Handy besaß sowieso noch kein Mensch. Abgesehen von unseren Armbanduhren und Radioweckern war nichts digital und wir Jugendlichen mussten, wenn wir uns für die neuesten Hits interessierten, Freitagabend gebannt vor der Stereoanlage warten, um mit einer leiernden Kassette die Schlager der Woche aufzunehmen. Es sei denn, man hatte genügend Kohle, um sich ständig die aktuellsten Platten zu kaufen. Ja, Platten – keine CDs.

Ich gehörte zu denen mit weniger Geld und das gab ich nur für die Platten meiner damaligen Lieblingsband aus: *Motörhead*.

Hier sei angemerkt, dass ich, obwohl ich Hardrock mochte, den ganzen Zirkus mit langen Haaren und schwarzen T-Shirts nie mitgemacht habe. Ich trug bunte Klamotten und Karotten-Jeans, wie jeder Durchschnittstyp der Achtziger. Und was die Frisur angeht: Vokuhila – die Variante mit geföhntem Seitenscheitel, nicht die mit Mittelscheitel oder stacheligen Haaren. Seit ich in den Polizeidienst eingetreten war, trug ich mein damals noch schwarzes Haar hinten allerdings nicht mehr ganz so lang und Strähnchen hatte ich auch keine.

Ich war achtzehn und wohnte noch bei meinen Eltern in unserer Mietwohnung in der Lugbank. Es war kurz bevor sie nach Eggolsheim zogen und ich mir meine erste eigene Bude suchen musste. Meine große Schwester Susanne hatte schon eine Wohnung zusammen mit ihrem Freund – ihrem heutigen Ehemann.

Es war mein zweites Jahr im Polizeidienst, ich hatte neue Freundschaften geknüpft. Aber vor allem an Wochenenden und Feiertagen pflegte ich noch Kontakt zu meinen alten Kumpels aus der Realschule.

Jedenfalls fing alles an diesem Sonntag, den 29. Dezember, mit einem Anruf von Einstein an. Es war arschkalt an dem Tag, und ganz Bamberg lag schon seit einer Woche unter einer dicken Schneedecke. Die Räumdienste kamen kaum hinterher. Aber meine Eltern mochten dieses Wetter, weil es doch so gut zu Weihnachten passte. Wir hatten Heiligabend nur im ganz kleinen Kreis gefeiert – meine Schwester, meine Eltern und ich – hatten abends schön gemütlich im schummrigen Licht des Weihnachtsbaums zusammen gesessen, *Monopoly* gespielt und später Loriots *Familie Hoppenstedt* geschaut. Die bucklige Verwandtschaft hatten wir einfach abtelefoniert und die Großeltern an den folgenden Tagen besucht. Meine Eltern waren über die ganzen Feiertage richtig gut drauf gewesen, und die gute Stimmung hielt auch am Tag von Einsteins Anruf noch an.

Ich liege also in meinem Zimmer auf dem Bett

und höre mir gerade die Songs an, die ich am Freitag zuvor aufgenommen habe. Die Hände bequem hinter dem Kopf verschränkt, studiere ich meine Poster an den Wänden: Das Filmplakat von *Die Rückkehr der Jedi Ritter* und ein paar Bilder von *Motörhead*. Natürlich darf auch das eine oder andere Bikini-Mädchen nicht fehlen. Bei mir sind es Heather Thomas, die Jodie aus *Ein Colt für alle Fälle* und Victoria Principal. Letztere ist die Pamela, beziehungsweise die Pam, aus *Dallas*, dieser Amerikanischen Endlos-Serie mit den reichen Öl-Familien.

Wie ich so daliege und den raffinierten Schnitt von Pams hellblauem Bikini begutachte, vergewissere ich mich wieder einmal, dass sie zwei deutlich schlagkräftigere Argumente als Heather Thomas hat. Ich frage mich gerade, ob es wohl auch Bilder von Pam gibt, auf denen sie noch weniger an hat, als sich meine Zimmertür öffnet und meine Mutter reinkommt. Im grauen Jogginganzug und roter Kochschürze steht sie vor mir und brüllt mich an, ohne dabei die Türklinke loszulassen: »David, Telefon! Hörst du denn nicht?« Wie immer in solchen Situationen.

»Alles klar! Danke!«, rufe ich, ebenfalls wie immer, springe hoch und schiebe mich in meinem blauen Trainingsanzug an ihr vorbei in die Diele. Während ich mir den grünen Zauberknochen neben dem Wählscheibengerät schnappe, stellt meine Mutter in meinem Zimmer kopfschüttelnd die Musik leiser – alles wie immer. Nur, dass sie diesmal plötzlich erstaunt innehält, ihren braunen Lockenkopf zur Seite neigt und interessiert lauscht.

Elton John schmachtet gerade seinen neuesten Nummer-eins-Hit *Nikita*, was ihr offenbar gefällt.

»Sag mal, David, das ist doch mal ein richtig schönes Lied!«, stellt sie fest und sieht mich erstaunt durch die offene Tür an.

Ich lächle ihr nur zu und halte mir den Hörer ans Ohr.

»Hallo?«, melde ich mich und beobachte sie weiter.

»Wenn ich bedenke, was du sonst so hörst«, murmelt sie noch und schaut mit gerümpfter Nase auf meine neueste *Motörhead*-Platte, die ich gut sichtbar auf den Schreibtisch gestellt habe – das Weihnachtsgeschenk, das ich mir von meinen Eltern gewünscht hatte. Für sie war das natürlich keine Musik, sondern nur »Lärm«. Aber sie hatten irgendwann wohl akzeptiert, dass sie nicht alles verstehen mussten, und mir die Platte mit dem ihrer Meinung nach hässlichen Cover besorgt. Vor schwarzem Hintergrund prangte darauf das *Motörhead*-Logo, dieser Totenkopf eines undefinierbaren Wesens, aus dem seitlich zwei Stierhörner ragen …

Apropos Stierhörner:

»He, Bulle! Wie geht's?«, dringt es mir übermütig aus dem Hörer ins Ohr – Einsteins typische Begrüßung.

Einstein hieß eigentlich Christian Berger. Aber weil er in der Schule geradezu genial gewesen war, hatten wir ihm den Spitznamen verpasst. Um ein Haar hätte er seinen Realschulabschluss mit 1,0 gemacht, wäre da nicht diese Zwei in Sport gewesen. Klar, dass er danach an die

Fachoberschule ging. Einstein war mittelgroß, schlank und hatte mit seinem braven, braunen Seitenscheitel eine für die damalige Zeit untypische Frisur.

Mit der dicken, dunklen Hornbrille und den Pullundern, die er immer über seinen sorgfältig gebügelten Hemden trug, sah er im Grunde wie die Karikatur eines Strebers aus. Aber das täuschte: Er saß nicht den ganzen Tag zu Hause und büffelte. Das Lernen fiel ihm einfach leicht. Ansonsten war er ein richtig lustiger, bodenständiger Typ, der die Leute gerne ein bisschen aufzog. Er spielte super Schafkopf, und die Mädels waren so hinter ihm her, dass man richtig neidisch werden konnte.

»Servus, Drecksstreber«, kontere ich trotzdem am Telefon, während meine Mutter an mir vorbei zurück in die Küche schlappt. Wegen des schönen Liedes nickt sie dabei noch immer anerkennend vor sich hin. Sie lässt die Küchentür einfach offen stehen, so dass der angenehme Geruch blauer Zipfel sich in der ganzen Wohnung verbreitet und meinen Magen laut knurren lässt.

»Hähä«, macht Einstein. »Und? Übt ihr bei den Bullen auch schön Demonstranten vermöbeln?«

»Witzig, Einstein. Wirklich ausgesprochen witzig. Wahnsinns Humor! Echt! Du solltest im Fernsehen auftreten!«

»Okay, okay. Sorry. Hör mal, Schreiber!«, hechelt er enthusiastisch – schon damals nannten mich alle nur Schreiber. »Silvester steigt die Wahnsinns-Fete. Rate mal wo!«

»Im Rittersaal der Altenburg mit reichlich Bier, Mädels, Ringelpiez mit Anfassen und 'ner Stripperin, die aus 'ner Torte springt?«

»He, gar nicht mal so schlecht geraten! Wir feiern echt auf einer Burg!«

»Hör auf!«

»Doch echt! Du kennst doch noch den Krüger aus unserer alten Klasse.«

»Doof wie Brot, aber stinkreiche Eltern«, bestätige ich trocken.

»Exakt der! Seine Alten besitzen tatsächlich eine kleine Ritterburg in der Fränkischen Schweiz. Sie haben ein paar alte Gemäuer zu Wohnräumen umgebaut und sind da manchmal in den Ferien zum Wandern und so … ach, ist ja jetzt auch wurscht. Jedenfalls haben sie dem Krüger erlaubt, da Silvester zu feiern. Im Rittersaal! Ist das nicht der Wahnsinn!?!«

»Hm. Na ja.«

Ich bin noch vorsichtig wegen Krüger. Er war zwar nicht unbeliebt gewesen in der Klasse, aber andererseits hatte ihn auch nie jemand wirklich für voll genommen.

»Aber mit dem Krüger?«, quengle ich. »Der ist doch ein alter Schnarchzapfen. Wenn du dem heute eine haust, macht der morgen erst ›Au‹. Wer kommt denn noch alles?«

»Er hat die ganze Abschlussklasse eingeladen und ein paar Fässer Bier bestellt! Wir sollen unsere Schlafsäcke mitbringen, weil alle da knacken können! Hammer was?«

»Yeah, Mann! Klingt gut. Klingt echt verdammt gut!«, gebe ich zu.

Durch die Aussicht auf eine Feier mit meiner

früheren Klasse habe ich mich von Einsteins Enthusiasmus anstecken lassen.

Meine gesamte alte Clique würde da sein – eigentlich mehr eine Schafkopf-Runde: Einstein, Anarcho, Natter, meine Wenigkeit und, last but not least, Sally, das einzige Mädchen, ihres Zeichens Freundin von Anarcho und Brunskadderin, also die Spielerin, die einspringt, wenn wer pinkeln muss. Wir hatten regelmäßig im *Stöhrenkeller* am Stephansberg Karten gespielt, beim verrückten Linser, dem damaligen Wirt, der seine Gäste häufig mit selbst verfassten Gedichten traktierte und oft mit seiner Kundschaft stritt, wobei er immer die ganze Kneipe zusammenschrie. Beim Linser waren auch reichlich weitere Brunskadder aus unserer Klasse, die manchmal eigene Spielrunden gründeten. Tja – Schafkopf war schon immer sehr beliebt gewesen in Franken. Aber zurück zu meiner Clique:

Anarcho, ein etwas kräftiger, aber nicht dicker Typ, mit strohblonden kurzen Locken und dicken Koteletten, hieß eigentlich Manfred Knauer. Wir nannten ihn Anarcho, weil er gegen jeden und alles war. Er konnte stundenlang über Spießbürger und Politiker motzen oder über brisante Themen, wie Atomkraft, Smog, den kalten Krieg oder den Polizeistaat diskutieren. Klar, dass er sich gerne mit mir anlegte, seit ich in den Polizeidienst getreten und somit Teil des »Systems« geworden war.

Er trug zu jeder Jahreszeit einen schwarz-weiß karierten »Palästinenserschal«. Er strickte sich einerseits seine eigenen Rentierpullis, in denen er wie der friedfertigste Kuschelbär aussah, hörte aber andererseits den wilden Punk der *Sex Pistols*, die ich übrigens auch ganz gut fand. Sein Lieblingslied war *Anarchy in the UK*.

Er wählte Grün, was damals im guten alten Franken in etwa so war, als würde man heute sagen, man gehöre der *Al-Qaida* an. Im tiefsten Herzen Kommunist, hätte er wohl am liebsten seine eigene Partei gegründet.

Im Winter 1985 leistete er gerade seinen Zivildienst in einem Altenheim ab.

Seine Freundin Sally hieß mit richtigen Namen Sibylle Schmitt, woraus irgendwer irgendwann mal Sally gemacht hatte. Sally war das, was politisch Unkorrekte heute wohl eine »Öko-Tussie« nennen würden. Sie sah im Grunde aus wie eine ältere Version von Momo, dem kleinen Mädchen aus Michael Endes gleichnamigem Roman: schlank mit einem schwarzen Wuschelkopf und unglaublichen schwarzbraunen Augen.

Überhaupt war sie wunderschön, was vielen jedoch gar nicht auffiel, weil sie ein Talent hatte, dies durch ihr ganzes Auftreten zu verbergen. Sie hatte so eine hässliche Brille mit großen runden Gläsern, wie übrigens auch Anarcho. Und dass sie auch seine Weltanschauung teilte, trug sie offen zur Schau. Es war für sie selbstverständlich, sich nie zu schminken. Sie hatte immer viel zu weite Schlabberklamotten an, aus denen sie fast herausfiel und natürlich auch selbst gestrickte Rentierpullis.

Nicht genug damit, dass durch diese Art Kleidung ihre zierliche elfenartige Statur überhaupt nicht zur Geltung kam, hatte sie sich auch noch einen unmöglichen Gang zugelegt. Um zu zeigen, dass sie anders war und die Probleme der Welt sie äußerst betroffen machten, lief sie leicht vornüber gebeugt und ließ die Arme dabei schlaff herabhängen.

Und wer trotz all dem noch immer ihre Schönheit erkannte, wurde spätestens dann abgeschreckt, wenn er ihr einmal beim Tanzen zusah. Mit einer wilden Mischung aus Modern Jazz, klassischem Ballet und orientalischem Schleiertanz gab sie stets alles, dem Takt immer ein klein wenig voraus. Mit ungelenken, aus den Schultern kommenden Bewegungen fegte sie wie ein Wirbelwind über die Tanzfläche und boxte dabei so heftig seitwärts, dass sie auf einer Klassenfeier einmal den Krüger K. O. geschlagen hatte.

Tja, das war sie, unsere Sally. Sie jobbte damals als Verkäuferin in einem Bio-Laden.

Einstein, Natter und ich waren restlos davon überzeugt, dass sowohl Sally als auch Anarcho einen riesengroßen Schlag hatten. Aber wir mochten sie trotzdem, weil sie das Herz am rechten Fleck trugen und man mit ihnen auch eine Menge Spaß haben konnte, zum Beispiel beim Schafkopf.

Ach ja – Natter! Matthias Eichfelder nannten wir so, weil er mit seinem schmalen Gesicht und den blauen Augen dem Gangster Natter aus einem Bud Spencer-Film ähnlich sah. Im Film wurde er immer von Bud Spencer vermöbelt.

Natter war eine Art stiller Star in unserer Clique. Mit seinen 1,88 Metern Körpergröße war er nicht viel kleiner als ich, aber im Gegensatz zu mir ein richtiges Muskelpaket. Er hatte ebenfalls eine schwarze Vokuhila-Frisur mit Föhnscheitel und trug immer dieselbe Jeansjacke, auch im Winter.

Im Schulsport brach er sämtliche Rekorde, und die Mädchen mochten ihn fast so sehr wie Einstein. Das nutzte er aber nie aus. Er war immer irgendwie unsicher und sprach nur selten. Seine wenigen Sätze waren kurz, und musste er jemandem etwas erklären, so geriet er dabei ins Stammeln und fuchtelte unbeholfen mit den Händen herum, obgleich man nicht von ihm sagen konnte, dass er dumm war. Er lachte nicht viel. Meist nur beim Schafkopf, wo er auch einmal lauter werden konnte.

Ansonsten war er mit seinem ruhigen Wesen einfach nur cool für uns, die wir ihn wohl unbewusst als unser Publikum ansahen, das wir mit unseren Albernheiten gerne zum Schmunzeln brachten.

Natter machte damals eine Lehre als Einzelhandelskaufmann.

Tja, das war sie also, meine alte Clique, und ich freute mich wie verrückt auf sie.

»Wer fährt denn?«, frage ich.

»Natter«, antwortet Einstein. »Wenn Anarcho nicht zugenommen hat, passen wir schon zu fünft ins Auto. Ich habe schon alles klar gemacht. Abfahrt um halb acht an der Schranne. Und, wie gesagt: Schlafsack nicht vergessen … ach ja! Und deine Gitarre!«

2 Abflug

Mein Vater bemüht sich den ganzen Dienstag erfolglos, mir die Silvester-Fete in der fränkischen Schweiz auszureden.

»Das ist doch totaler Schwachsinn«, versucht er es noch ein letztes Mal, als ich in meinem Zimmer gerade meine akustische Gitarre in ihrer Tragetasche versenke. Meine E-Gitarre liegt derweil arbeitslos in ihrem Koffer unterm Bett – mit dem Ende meiner Schulzeit hatte sich auch die Schulband aufgelöst.

»Junge! Hast du denn schon einmal aus dem Fenster geschaut?«, gibt mein Vater zu bedenken. Er tritt in seinem grauen Jogginganzug an mein Fenster und deutet hinaus.

Ich lege meine Gitarrentasche aufs Bett neben dem zusammengerollten, von einem alten Gürtel zusammengehaltenen Bundeswehrschlafsack, stemme die Fäuste auf die Hüften und überlege, ob ich noch was brauche. Eine Zahnbürste habe ich schon vorher in meiner Jacke verstaut. Ich denke an die Mädchen aus meiner Klasse – Kondome vielleicht? Damals waren die meisten ja noch recht brav gewesen, aber wer weiß?

Meinen Vater, den ich mittlerweile um fünf Zentimeter überrage, beachte ich nicht weiter, weil ich schon vorher aus dem Fenster hinunter auf das glänzende Kopfsteinpflaster der Lugbank gesehen habe und sehr wohl weiß, dass draußen Winter ist. Der Schnee am Straßenrand ist mittlerweile eine krustige braune Masse.

»Es schneit doch schon weniger«, sage ich nur gelangweilt und drehe mich zu meinem Vater um.

»Ja eben!«, ruft er, atmet, um Geduld ringend, durch und verdreht genervt seine blauen Augen. »Siehst du denn nicht, dass das jetzt Eisregen ist? Das könnte Blitzeis geben, Menschenskind! Und bei so einem Wetter wollt ihr in der Fränkischen Schweiz rumgurken, abgesehen davon, dass an Silvester sowieso kein normaler Mensch mit dem Auto fährt, nur ein Haufen besoffener Idioten. Da kann doch sonst was passieren!«

Obwohl ich weiß, dass er durchaus Recht hat, kommt er mir plötzlich reichlich albern vor, wie er so dasteht mit seinem ergrauten kurzen Haar und beschwörend auf mich einredet, wie zu einem kleinen Kind. Ich muss ein Lachen unterdrücken, das macht ihn natürlich wütend.

»Jetzt lach nicht so blöd!«, schimpft er. »Könnt ihr nicht einfach hier in Bamberg in irgendeine Disko oder Kneipe gehen, so wie andere auch? Wie doof kann man denn sein?«

Ich hebe entschuldigend die Arme und sehe zur Seite, muss mir aber noch immer das Lachen verbeißen.

Hätte ich doch nur auf ihn gehört, sollte ich mir später in der Nacht noch oft denken. Aber welcher Achtzehnjährige hört schon auf seinen Vater?

»Ach macht doch was ihr wollt, ihr Idioten! Hat doch eh keinen Sinn!« Gereizt winkt er ab und trottet grummelnd ins Schlafzimmer, wo er anfängt, sich umzuziehen. »Dem ist nicht zu helfen!«, brüllt er dabei quer durch die ganze

Wohnung meiner Mutter zu, die sich gerade im Badezimmer schminkt.

Die beiden sind zu einer Silvesterfeier bei alten Freunden, dem Ehepaar Söhnlein, eingeladen, während meine Schwester bereits bei ihrem Freund mit einigen anderen Pärchen feiert, um dann nach Mitternacht noch durch Bamberg zu ziehen.

Ich schnappe meine Sachen, stelle sie in der Diele vor die Wohnungstür und steige in meine Winterstiefel. Als ich meine blaue Daunenjacke überstreife, bekomme ich ein ungutes Gefühl. Ich will das alte Jahr nicht im Streit mit meinen Eltern beenden und schaue noch mal ins Schlafzimmer.

»Wenn der Matthias zu schnell fährt, werd ich ihn einfach verhaften, okay?«, witzle ich.

Mein Vater, inzwischen in dunkler Anzughose und weißem Hemd, bindet sich weiter seine Krawatte, den Blick stur auf den Spiegel am Kleiderschrank gerichtet. Er gibt nur ein mürrisches Brummen von sich, was für seine Verhältnisse schon fast eine Versöhnung bedeutet.

»Guten Rutsch«, sage ich noch und gehe zum Badezimmer, wo sich meine Mutter gerade konzentriert die Wimpern tuscht.

Der süßliche Geruch von Haarspray hängt in der Luft. Als sie mich aus dem Augenwinkel im Türrahmen bemerkt, setzt sie das kleine Bürstchen ab und wendet sich mir mit eindringlich mahnendem Blick zu.

»Ich sag's dir: Fahrt fei bloß schön langsam, dass nix passiert!«

»Wir passen schon auf«, sage ich.

»Hast du die Nummer von den Söhnleins eingesteckt, dass du um zwölf mal anrufst?«

Genervt stöhne ich auf.

»Ich ruf euch doch nicht an«, sage ich geduldig. »Was glaubst du, was um zwölf da los ist? Da stoßen wir doch erst mal aufs neue Jahr an. Und wenn der ganze Trubel vorüber ist, hängt sich jeder gleich ans Telefon. Ich hab keine Lust, die ganze Nacht Schlange zu stehen.«

Meine Mutter seufzt und wirft mir diesen speziellen Mütter-Blick zu, diese fiese Mischung aus bettelndem Hund und äußerster Besorgnis, mit der sie, wie alle Mütter, selbst den stärksten Mann weich kochen kann.

»Also dann: guten Rutsch!«, sage ich darum schnell, zwinkere ihr zu und gehe wieder nach vorne, um meine Sachen zu holen.

Hätte ich meine Mutter noch eine Sekunde länger angesehen, wäre ich wahrscheinlich eingeknickt und mit ihr und Vater zu den Söhnleins gegangen.

In der Diele ziehe ich mir noch ein rosarotes Wollstirnband über die Ohren, darauf bedacht, meine Frisur nicht durcheinander zu bringen, und streife mir ein Paar Skihandschuhe über. Schlafsack links und Gitarrentasche rechts, poltere ich die Treppen hinunter, ziehe mit dem Ellbogen umständlich die Haustür auf und schiebe mich hinaus.

Die eisige Kälte hat mich sofort am Sack – alles zieht's mir zusammen. Irgendwo in der Stadt krachen schon vereinzelt die ersten Silvesterböller, als ich mit vorsichtigen kleinen Schritten und hochgezogenen Schultern über das rutschige Kopfsteinpflaster in Richtung Schranne tippele.

Die anderen sind schon da. Auf dem Parkplatz vor der Polizeiwache bibbern sie in Natters rostigem, roten Kleinwagen vor sich hin. Ich klemme meinen Schlafsack zwischen die Knie und öffne mit der freien Hand den Kofferraum, in dem schon vier Schlafsäcke liegen.

»Servus, ihr Schnarchnasen!«, rufe ich ins Auto, stopfe meinen Schlafsack hinein und platziere die Gitarrentasche behutsam obendrauf.

Alle drehen sich zu mir um. Mit ihren dunklen dicken Daunenjacken sehen sie aus wie eine Gruppe Polarforscher. Nur Natter trägt seine typische Jeansjacke, den Kragen lässig hochgeschlagen, soweit es der dicke dunkle Wollschal um seinen Hals zulässt. Er und Einstein haben das gleiche Stirnband wie ich, während Anarchos Locken unter einer dieser bunten Tibetanischen Wollmützen mit Ohrenklappen stecken. Sallys Haarpracht wird von einem Plastikreif durchzogen, dessen Enden lila Plüschohrwärmer zieren, was ihr zusammen mit ihrer runden Brille eine gewisse Ähnlichkeit mit einem Alien verleiht.

Vom Rücksitz aus grinst sie mich an.

»Servus, Bulle!« ruft sie.

Anarcho, der lässig den Arm um sie gelegt hat, zeigt mir als Antwort auf meine Begrüßung erst mal den Stinkefinger. »Vorsicht, Bulle, vorsicht!«

»He, Schreiber! Alles klar?«, ruft Einstein vom Beifahrersitz.

Natter deutet nur ein müdes Grinsen an und belässt es bei einem »Servus«.

Ich knalle den Kofferraum zu.

Als Einstein aussteigt und den Sitz vorklappt, um mich neben Sally auf den Rücksitz zu bugsieren, streite ich mich mit ihm herum, weil ich als der Größere vorne sitzen will.

»Jetzt steigt halt endlich ein! Es ist arschkalt!«, motzt Natter irgendwann.

»Der Bulle soll vorne sitzen, möglichst weit weg von uns normalen Menschen«, kommt es von hinten von Anarcho.

»Genau! Wir können sonst für nix garantieren!«, packt Sally noch einen drauf.

Das genügt mir. Ich ziehe den Kopf ein und schiebe mich neben sie auf den Rücksitz. Sie tut so, als ob sie sich vor mir ekelt, und drückt sich näher an Anarcho. Der schnipst mir sofort das Ohrläppchen, das ein silberner Ohrring mit einem glitzernden Kunststeinchen ziert. Ich zucke zusammen.

»He, vorsicht, Anarcho! Immer gaaanz vorsichtig!«, drohe ich ihm über Sally hinweg mit der Faust.

»Na endlich«, atmet Natter auf, als sich Einstein neben ihn auf den Sitz plumpsen lässt und die Tür zuschlägt.

Einstein drückt eine Kassette mit Schlagern der Woche in die Anlage und Natter fährt zu den Klängen von *Easy Lover* von Phil Collins und Philip Bailey los. Das groovt. Einstein nickt wild den Takt und singt in einer quäkenden Falsett-Stimme mit.

Natter konzentriert sich auf die Fahrbahn. So richtig langsam fährt er bei dem Lied natürlich nicht, und der Asphalt der Geyerswörthstraße glänzt im Licht der Straßenlampen schon gefährlich rutschig. Aber weil der Eisregen schon nachgelassen hat, sage ich nichts.

Wie verrückt albere ich stattdessen mit den anderen herum. Die Wiedersehensfreude ist groß, und die Silvesterfete des Jahrhunderts steht bevor.

Einstein dreht beim Singen wie immer an seinem Zauberwürfel.

»Eine Minute zehn! Neuer Rekord!«, ruft er irgendwann begeistert, wendet sich nach hinten und zeigt uns stolz die sechs Seiten, in den verschiedenen Farben.

»He, Schreiber! Willst du auch mal?«, fragt er und hält mir feixend den Würfel hin.

»He, vorsicht, Einstein! Vorsicht!«, drohe ich und schlage ihm die Hand weg.

Er weiß ganz genau, dass ich diesen Scheiß-Würfel hasse, weil es mir nie gelingt, das Rätsel zu lösen. Wie dieses Ding funktioniert, ist mir bis heute schleierhaft. Wieso kann man alle Seiten unabhängig voneinander ständig in alle möglichen Richtungen drehen, ohne dass alles auseinanderfällt? Jedenfalls zieht mich Einstein immer mit meinem Unvermögen auf.

»Hä, hä«, macht er und tauscht mit Anarcho und Sally ein hämisches Grinsen.

Als ich nur die Augen verdrehe, wechselt Einstein das Thema: »Und? *Lindenstraße* gesehen?«, fragt er.

Am vorherigen Sonntag war die vierte Folge der Familienserie gelaufen.

»Klar«, sage ich. »Was meinst du denn, wie's weitergeht mit Marion und diesem Griechen?«

Anarcho und Sally stöhnen theatralisch auf.

»Oh Mann! Den kommerziellen Scheiß zieht ihr euch rein?«, motzt Sally.

»Guckt doch kein normaler Mensch. Wird eh bald wieder abgesetzt«, kommt es gedehnt von Anarcho.

»Genau! Kommerzieller Scheiß!«, stellt Sally noch mal fest und küsst Anarcho mit einem bestätigenden Schmatzen auf den Mund.

»Ach, stimmt ja. Ist euch ja nicht ernsthaft genug, das Thema. Unter eurem Niveau«, mosere ich sarkastisch. »Wir können an Silvester ja auch mal wieder um die *Rainbow Warrior* trauern oder über die geplante Wiederaufarbeitungsanlage in Wackersdorf diskutieren.«

»Genau, Mann«, sagt Anarcho trocken. »Im nächsten Jahr wollen die anfangen, das Ding zu bauen. Ist euch Matschbirnen eigentlich klar, was das …«

Jetzt stöhnen Einstein und ich auf.

Während wir wüst durcheinander reden, schmunzelt Natter nur kopfschüttelnd vor sich hin und stellt die Musik lauter.

Schon als das nächste Lied anfängt, haben wir genug von unsrer Streiterei, die ohnehin zu keinem Zeitpunkt richtig ernst gewesen war. Das ständige Genecke gehört einfach dazu. Je besser man gelaunt ist, desto mehr zieht man sich gegenseitig auf. Und wir sind verdammt gut gelaunt: Silvester mit der alten Klasse auf einer Burg!

Vollkommen überdreht nicken wir wild die Köpfe im Takt des Liedes und singen mit:

»And don't it feel good? Oh yeah!«

Zu *Walking On Sunshine* von *Katrina and The Waves* lassen wir Bamberg hinter uns und fahren über die Landstraße in die eisige Nacht.

Sie sollte die schwärzeste unseres Lebens werden.

3 Kein Handy

Alles fängt mit einem kleinen Unfall an. Wir sind schon tief in die fränkische Schweiz vorgedrungen, deren typische Landschaft mir gerade im Mondschein wie die perfekte Kulisse für Märchen vorkommt. Schroffe, graue Felsen ragen aus den dichten Mischwäldern in den nächtlichen Himmel und in den kleinen, verträumten Tälern schlängeln sich Bächlein durch die Wiesen. Im Sommer saftig grün, liegen Letztere jetzt unter einer dicken Schneedecke, und die Bächlein sind zu gefroren.

Rasant nimmt Natter die Kurven, während ich über seine Schulter luge und kritisch die feucht schimmernde Landstraße begutachte. Das allgemeine Geplapper der anderen blende ich aus, weil mir Natter jetzt doch etwas zu schnell fährt.

»Mach langsam, Natter«, mahne ich ihn. »Das könnte Blitzeis geben.«

Er brummt und geht kaum merklich vom Gas.

»Hört, hört! Unser Bulle!«, tönt Anarcho und äfft mich nach. »Das könnte Blitzeis geben. Wie lehrmeistermäßig!«

Er zwinkert Sally zu, die frech grinst.

»Anarcho, du nervst«, wiegele ich gelangweilt ab. »Ich will bei der Fete auch ankommen, wenn du nichts dagegen hast, okay?«

»Hähä!«, macht er. »Blitzeis ist doch nur 'ne Legende, Mann! So was gibt's doch gar nicht echt. Oh Schreiber! Du bist so ein richtiger Oberschlaumeierbulle geworden.«

Ich will antworten, als mir Einstein von vorne

zu Hilfe kommt: »Klar gibt's Blitzeis, du Hirni!«, sagt er und dreht sich zu Anarcho um. »Das ist ein wissenschaftlich erwiesenes Phänomen. Kann richtig gefährlich sein. Du weißt doch sonst auch immer alles!«

»Du hast deine Hausaufgaben natürlich brav gemacht«, will Anarcho ablenken.

»In der halben Zeit wie du«, kontert Einstein lächelnd, ohne mit dem Drehen an seinem Zauberwürfel aufzuhören.

Drohend hält Anarcho die Faust vor.

»He, Vorsicht, Streber! Vor …« – weiter kommt er nicht.

»Scheiße, Natter! Pass doch auf!«, brülle ich, als ich merke, dass er eine Linkskurve unterschätzt.

Zu spät. Wir kommen von der Straße ab. Ein Begrenzungspfosten blinkt noch kurz im Scheinwerferlicht auf, bevor wir ihn polternd und knirschend ummähen. Trotz des durchgetretenen Bremspedals rutschen wir über den Fahrbahnrand in den Graben. Mit einem hässlichen Kratzen kommen wir ruckartig zum Stehen und werden nach vorne geworfen. Die Sicherheitsgurte pressen Natter und Einstein sofort zurück. Anarcho und ich rasseln mit den Gesichtern gegen die Kopfstützen der Vordersitze. Sally wird nur deshalb nicht zwischen den Sitzen hindurch geschleudert, weil Anarcho sie mit dem Arm, den er um sie gelegt hat, reflexartig fest hält.

Wir plumpsen zurück in die Polster und sitzen dann nur mit offenen Mündern da, erholen uns vom ersten Schreck. Es herrscht Stille, weil gerade ein Lied zu Ende gegangen ist. Nur das leise Rauschen der laufenden Kassette ist zu hören.

Alle zucken zusammen, als plötzlich die Titelmelodie von *Miami Vice* in voller Lautstärke einsetzt.

Es ist wie ein Startschuss. Schlagartig plappern wir durcheinander, fragen, ob alles okay ist, fluchen und motzen Natter an, ob er noch ganz dicht ist, bis der irgendwann genug hat und einfach »Schnauze jetzt!« brüllt.

Sofort halten wir respektvoll die Klappe.

Natter stellt die Musik ab.

»Ich hab's kapiert, okay?«, sagt er.

Wir nicken brummend und reiben uns dabei die Köpfe, die zum Glück nichts abbekommen haben. Nur Sallys Jacke ist eingerissen. An der Schulter, wo Anarchos Hand sich festgekrallt hat, schaut das weiße Futter raus.

Natter nickt und macht sich daran, auszusteigen. Er muss dabei ganz schön kämpfen, weil sich der Wagen nach rechts abgesenkt hat. Ächzend richtet er sich neben dem Auto auf, stemmt die Fäuste in die Hüften und begutachtet die Bescherung. Er holt tief Luft und stößt den Atem geräuschvoll in einer dicken Wolke wieder aus. Dann geht er in die Hocke und schaut unter den Wagen.

»Und?«, ruft Anarcho von drinnen.

»Nix weiter kaputt, glaub ich«, vermutet Natter. »Schauen wir mal, ob wir wieder raus kommen.«

Grummelnd klettern wir aus dem Auto und sehen uns die Sache an. Ein rechts abgehender Feldweg hat verhindert, dass der Wagen vollends in den Graben gerutscht ist. Wir wollen es also mit Schieben versuchen. Zu viert klemmen wir uns hinter die Kühlerhaube und legen uns mächtig ins Zeug, während Natter drinnen Gas gibt. Doch die einzigen Resultate sind ein aufheulender Motor und durchdrehende Räder. Wir versuchen es eine Weile, die uns bei den Minustemperaturen wie eine Ewigkeit vorkommt. Doch wie sehr wir uns auch reinhängen – Natters verdammte Rostkarre rührt sich nicht von der Stelle. Irgendwann rutscht Anarcho auch noch weg und fällt in den Schnee. Da platzt ihm natürlich der Kragen. Er flucht wüst vor sich hin, als er sich wieder hochrappelt.

»Fuck, Fuck, Fuck! Das ist doch alles Scheiße hier!«, schnaubt er und tritt mit feuerrotem Kopf so fest gegen einen Reifen, dass es ihn fast wieder hinlegt. Zum Glück bemerkt er nicht, wie Sally sich das Grinsen verbeißt.

Natter stellt den Motor ab und überlegt. Wir anderen stützen uns keuchend auf die Motorhaube und verschnaufen.

Ich sehe hoffnungsvoll die Straße rauf und runter, doch vergebens. Ich muss mir eingestehen, dass mein Vater wohl Recht hatte und bei dem Wetter wirklich nur Idioten in der Fränkischen Schweiz rumgurken.

»Kein Auto weit und breit«, murmele ich matt.

Einstein versucht verkrampft, die angespannte Situation aufzulockern: »Tja, jetzt wäre ein Mobiltelefon gut!«, stellt er plötzlich fest.

»Häh?«, macht Anarcho und blickt ihn verständnislos an.

»Na, ein Telefon, das man bei sich trägt«, erklärt Einstein und sieht zwischen Anarcho, Sally und mir hin und her.

Ich muss grinsen. Einstein ist bekannt für seine

wissenschaftlichen Ausführungen über künftige Technologien. Dass er ausgerechnet jetzt wieder damit anfängt!

Anarcho verzieht das Gesicht. Er ist noch immer gereizt wegen seines Sturzes.

»Verschon mich doch mit deinem Science-Fiction-Scheiß«, knurrt er Einstein an. »So was wird's nie geben. Und selbst wenn … wir haben jetzt nun mal …«

»Klar wird's das geben«, sagt Einstein, wieder mal ganz in der Rolle des Professors. »Wahrscheinlich schon in ein paar Jahren. Da wird jeder Depp ein Mobiltelefon …«

»Jajaa!«, winkt Anarcho ab. »Und wahrscheinlich wirst du uns gleich noch erzählen, dass man mit den Dingern auch Musik hören kann …«

»… Oder, dass man Fotos damit machen kann«, kommt ihm Sally zur Hilfe.

»Oder noch besser: Filme damit gucken – auf so 'nem kleinen Bildschirm!«, rufe ich, um noch Einen draufzusetzen.

Als wir merken, dass Einstein mit offenem Mund ernsthaft über unsere Ideen nachdenkt, prusten wir los und beruhigen uns erst wieder, als Natter aussteigt und zwei schwarze Gummi-Fußmatten hochhält.

»Damit müsste es klappen«, sagt er. »Alter Indianer-Trick.«

Und er hat Recht. Nachdem er die Fußmatten ein wenig zwischen zwei der Räder und den Schnee geschoben hat, gelingt es uns tatsächlich, das Auto wieder frei zu bekommen.

Heiß auf die Jahrhundertfeier auf der Burg steigen wir unter großem Gejohle wieder ein und sind bald so gut gelaunt, als wäre nie was passiert. Wir witzeln wie vorher und ziehen Natter damit auf, dass er die Fußmatten wieder ins Auto gelegt hat, obwohl die doch hinüber sind.

4 Kein Navi

Nun sollte man eigentlich meinen, dass man denselben blöden Fehler kein zweites Mal macht, aber der Leichtsinn Achtzehnjähriger ist nicht zu unterschätzen.

Kurze Zeit später bauen wir schon wieder einen Unfall, und der ist leider nicht ganz so harmlos wie der erste.

Es geht los, als wir uns verfranzen. Wir haben wohl übersehen, wo wir hätten abbiegen müssen.

Und weil uns der erste Unfall schon einige Zeit gekostet hat, werden wir schnell ungeduldig. Es ist inzwischen viertel vor zehn und vor unserem geistigen Auge sehen wir die Jahrhundertfeier schon vorüberziehen – die gute Musik von *A-ha* bis *ZZ Top*, den Knabberkram und natürlich das goldgelbe, schäumende Bier, das in rauen Mengen fließt – all das ohne uns!

Alle im Auto reden durcheinander, jeder will schlauer sein als der andere und Natter zur Burg lotsen. Wir werden gereizt, die Stimmung sinkt und erreicht fast den Nullpunkt, als Anarcho Natter nach seinem Autoatlas fragt und der nur sagt:

»Ich hab keinen.«

»Scheiße«, zische ich.

»Häh? Du hast keinen Autoatlas? Was bist du denn für ein Hirni?«, mosert Anarcho und rümpft verächtlich die Nase. »Man braucht doch einen Autoatlas in seiner Karre!«

»Ball immer schön flach halten«, knurrt Natter und sieht Anarcho drohend über den Rückspiegel an. Selbst er verliert allmählich die Geduld. Ohne es zu merken, beschleunigt er.

»Du hast ja noch nicht mal ne Karre und … und … und wirst dir wahrscheinlich auch nie eine kaufen«, stammelt er wütend den für seine Verhältnisse langen Satz zu Ende.

»Worauf du einen lassen kannst«, knurrt Anarcho angriffslustig.

»Dann kannst du das nächste Mal ja laufen …«

»Beruhigt euch, Jungs«, beschwichtigt Sally, die von uns allen noch am gelassensten bleibt. »Wir kriegen das schon.«

Es sieht kurz aus, als ob sich Anarcho und Natter tatsächlich beruhigen, als Einstein verkrampft versucht, die Situation weiter zu deeskalieren und sagt: »Tja, Jungs – jetzt wäre ein Navigationssystem gut.«

Nun ja – und damit erreicht die Stimmung endgültig ihren Nullpunkt.

»Oh Gott«, stöhnt Natter kopfschüttelnd und drückt weiter aufs Gas – Tempo siebzig, das kann ich erkennen.

Anarcho bekommt wieder diesen angewiderten Gesichtsausdruck und richtet seinen Ärger jetzt auf Einstein, den er durch gefährlich zusammengekniffene Augen anstarrt.

Einstein lächelt verlegen.

»Ein Navigationssystem, versteht ihr? Eine Art Bordcomputer, mit dem man immer ans Ziel kommt«, erklärt er im Plauderton.

»Sind wir jetzt auf hoher See, oder was?«, brummt Anarcho.

Als Einstein zu einer Erklärung ansetzt, kann ich mich auch nicht mehr zurückhalten.

»Einstein, halt einfach nur's Maul«, sage ich bestimmt.

»Nein, nein! Lass ihn nur erklären«, knurrt Anarcho voll bissiger Ironie. In seinen Augen blitzt der Wahnsinn. »Wahrscheinlich wird er uns gleich sagen, dass diese Bordcomputer mit uns reden werden! Ja, genau! Wie dieser eine Roboter in Krieg der Sterne! Die werden uns exakt sagen, wo wir hinfahren müssen, uns auf den Meter genau jede Abbiegung vorhersagen, stimmt's?«

Einsteins Blick verdüstert sich. »Nur, weil ihr keine Ahnung habt …«

»Als Nächstes wird er uns erzählen, dass Männer sich unter den Armen rasieren und im Sitzen pinkeln!«, falle ich ihm spöttisch ins Wort.

»Jetzt hört halt endlich auf!«, quengelt Sally wie ein trotziges Kind.

Als wir sie ansehen, reißt sie plötzlich die Augen auf und kreischt. Wir spüren ein flaues Gefühl in der Magengegend, und das Auto scheint mit einem Mal mehr zu fliegen als zu fahren.

»Scheiße«, faucht Natter. Seine Hände krampfen sich ums Lenkrad.

Ich folge Sallys Blick auf die Fahrbahn, die nur kurz wie ein Spiegel aufblitzt, weil wir schon über die nächste Linkskurve hinausschießen und in den Wald fliegen. Zum Glück verfehlen wir die ersten Bäume und rutschen nach der unsanften Landung noch ein Stück über die Erde. Geäst kratzt ohrenbetäubend über Lack und Fenster, was uns auch noch ein bisschen abbremst. Aber irgendwann kracht's dann natürlich doch. Wir schreien gleichzeitig auf, als der dicke Baumstamm im Scheinwerferlicht näher kommt – blitzschnell und doch wie in Zeitlupe. Mit einem ohrenbetäubenden Knall krachen wir voll dagegen. Das Auto schiebt sich vorne richtig zusammen. In den Sekundenbruchteilen, in denen ich nach vorne fliege, kann ich noch erkennen, wie sich die Kühlerhaube nach oben wölbt und Risse die Windschutzscheibe durchziehen. Dann rassele ich, wie schon beim ersten Mal, mit dem Gesicht gegen die Kopfstütze. Die Einzelteile von Einsteins Zauberwürfel prasseln wie Hagelkörner auf uns herab. Am linken Jackenärmel spüre ich, wie mich Sallys Körper streift. Sie fliegt zwischen den Sitzen hindurch und poltert gegen Armaturenbrett und Windschutzscheibe, die sie zum Glück nicht durchschlägt. Sie sackt zusammen und bleibt zwischen den Vordersitzen liegen.

Dann ist erstmal alles ruhig, bis auf die Musik. Es läuft gerade *Shout* von *Tears for Fears*. Irgendwie passend, denn als Einstein nach ein paar Sekunden auf ›Stopp‹ drückt, schreit tatsächlich jemand auf. Es ist Natter.

»Oh Scheiße, mein Arm«, jammert er und beißt vor Schmerz die Zähne zusammen. »Oh Fuck, Fuck, Fuck!«

Er zieht verkrampft die Schultern hoch und hält sich den linken Ellbogen, der Unterarm knickt gleich hinter dem Handgelenk etwas nach hinten ab – gebrochen. Es sieht so fies aus, dass Sally vollkommen ihre eingekeilte Position zwischen Handbremse, Gangschaltung, Einsteins Knien und der Unterseite des Armaturenbretts vergisst und nur noch Augen für Natter hat. Auch wir anderen starren ungläubig auf Natters Unterarm, den er wimmernd in die Höhe hält.

Anarcho läuft Blut ins Auge, aus einer Platzwunde über seiner rechten Braue. Seine Brille, die einen Bügel verloren hat, hängt ihm schief auf der Nase. Er fasst sich ins Gesicht und mustert dann mit offenem Mund seine blutige Hand. Erst als er »ach du Scheiße« murmelt, kommt wieder Leben ins Auto.

Sally rutscht Brille und Ohrenwärmer zurecht, rappelt sich hoch und kriecht ächzend zurück auf den Rücksitz, wo sie und Anarcho sich gegenseitig begutachten. Nach und nach erfolgt eine allgemeine Bestandsaufnahme. Jeder untersucht erst sich selbst und sieht dann fragend die anderen an. Nur Natter ist wie gelähmt vor Schmerzen.

Sally und ich haben wohl nur blaue Flecken, Einstein hat drei leicht blutende Striemen an der linken Wange, die aussehen wie Kratzer von Fingernägeln – wahrscheinlich Sallys. Anarcho blutet zwar stark, aber Sally legt ihr Taschentuch auf die Wunde und zieht ihm seine Wollmütze darüber, so dass das Taschentuch dagegen gepresst wird. An Natters Arm traut sich keiner ran. Jedes Mal, wenn sich auch nur jemand bewegt, zuckt Natter zusammen.

»Bleibt bloß weg!«, schimpft er panisch.

»Schieb doch mal den Ärmel etwas zurück«, versucht es Sally behutsam.

»Bist du wahnsinnig? Der ist durch. Das sieht man doch!«, faucht er. »Oh Scheiße, tut das weh!«, wimmert er und kämpft mit den Tränen.

Er hat Recht. Jeder von uns kann sehen, dass Elle und Speiche zumindest angebrochen sind.

»Steigen wir erst mal aus der verdammten Kiste aus«, sage ich, weil das Auto mir plötzlich die Luft zum Atmen nimmt.

Einstein muss mit beiden Füßen ein paar Mal gegen die Tür treten, bis sie weit genug aufgeht. Wir hören Äste krachen, als er es schließlich schafft. Er zwängt sich raus und klappt uns den Sitz vor. Alle krabbeln raus. Anarcho, als Vorletzter, klappt den Sitz wieder für Natter zurück, der sich vorsichtig über den Beifahrersitz schiebt, um sich schließlich von Anarcho raushelfen zu lassen.

»Pass fei auf, ich sag's dir«, warnt Natter, als Anarcho ihn an der Jeansjacke hochzieht.

Endlich draußen, lehnt sich Natter rücklings ans Auto, hält sich den verletzten Arm und wiegt monoton den Oberkörper vor und zurück. Wie ein Häufchen Elend kommt er uns plötzlich vor, wo er doch bisher immer unverwundbar schien. Allein wie viel er, der sonst so Schweigsame, in den vergangenen Minuten gejammert hat, zeigt uns, wie mies es ihm gehen muss. Erst jetzt wird uns klar, in was für einer beschissenen Lage wir uns eigentlich befinden: Das Auto im Eimer, stehen wir in einer arschkalten Nacht in irgendeinem Waldstück irgendwo in der Fränkischen Schweiz und brauchen dringend einen Arzt … So viel zur Silvesterfete des Jahrhunderts.

»Vielleicht machen wir erst mal eine Schlinge für deinen Arm?«, bricht Sally vorsichtig das betretene Schweigen. »Dann ist er wenigstens ruhig gestellt.«

Natter nickt.

Wir entscheiden, dass Anarchos heiß geliebter Palästinenserschal herhalten muss, den er sogar bereitwillig zur Verfügung stellt. Sally trägt natürlich den gleichen, doch ein Schal genügt für die Schlinge. Zum Glück hat sie vor kurzem einen Erste-Hilfe-Kurs gemacht, und sie bindet Natter die Schlinge so gekonnt, dass er kaum jammert.

»Okay, hauen wir ab aus diesem verdammten Wald«, ergreife ich die Initiative. Sallys gelungener Einsatz gibt mir Auftrieb.

Alle brabbeln Zustimmung.

Ich krieche noch mal ins Auto und ziehe den Zündschlüssel ab. Wieder draußen gehe ich nach hinten und öffne den Kofferraum.

»Was willst du denn noch?«, fragt Anarcho, der mit seiner schief sitzenden Brille, der tief heruntergezogenen Tibetmütze und den verkrusteten Blutresten unter dem Auge ziemlich bescheuert aussieht.

»Na, meine Gitarre«, sage ich.

Anarcho schnaubt und schielt zu Einstein.

»Du Hirni! Die kannst du doch später holen«, mosert der und schubst mich mit dem Ellbogen zur Seite. »Schauen wir lieber, ob wir einen Erste-Hilfe-Koffer finden.«

Er will gerade anfangen, unter den zusammengerollten Schlafsäcken zu suchen, als Natter hinter ihm »hab keinen« nuschelt.

»Ich sag jetzt einfach nichts«, zischt Anarcho leise.

Einstein ist froh, als er wenigstens eine Taschenlampe findet.

Er leuchtet auf den Waldboden und stapft voraus, hinter ihm Sally und Anarcho, die Natter zwischen sich nehmen, bereit ihn aufzufangen, falls er über eine Wurzel stolpert. Ich bilde das Schlusslicht. Vorher schnappe ich noch meine Gitarrentasche.

Eis knirscht unter unseren Füßen, und modrig feuchte Waldluft steigt uns in die triefenden Nasen, als wir uns zurück zur Straße vorarbeiten. Die Strecke kommt uns ziemlich lang vor. Einstein hält ein paar Mal und leuchtet herum. Man kann eine richtige Schneise erkennen, die Natters Auto hinterlassen hat: aufgewühlte Erde, umgeknickte Bäumchen, abgebrochene Äste. Beim Anblick dieser Verwüstung denken wir wohl alle das Gleiche: Es hätte schlimmer kommen können.

»He, Natter«, sage ich irgendwann. »Willst du nicht umkehren und deine Fußmatten holen?«

»Blödmann«, murmelt der nur.

Die anderen kichern.

5 Blitzeis und Hakenhände

Keuchend erreichen wir die Landstrasse. Einstein bleibt am Rand unserer Unfallkurve stehen und leuchtet die Strecke rauf und runter. Auf der gegenüberliegenden Seite zieht sich eine schroffe Felswand in die Höhe.

Meine Gitarrentasche kann ich jetzt, da keine Zweige mehr stören, auf dem Rücken tragen. Während ich sie mir wie einen Rucksack umlege, tritt Anarcho auf die Fahrbahn.

»Oh Mann! Meine Füße sind wie Eisklumpen«, murmele ich.

Die Antwort ist ein Schrei von Anarcho, der plötzlich hektisch mit den Armen rudert und mit den Füßen nach Halt sucht. Dann knallt er auf den Rücken, als hätte er soeben mit Tanzschuhen eine Schlittschuhbahn betreten.

»Scheiße!«, faucht er.

Beim Versuch, sich wieder hochzurappeln, haut es ihn gleich noch mal hin, und er rutscht sogar noch ein Stück die abfallende Straße runter. Dabei flucht er wie verrückt vor sich hin, dreht sich einmal um die eigene Achse und strampelt verzweifelt mit den Beinen, bis er schließlich den Straßenrand erreicht. Dort gelingt es ihm, sich aufzurichten, wobei er sich noch vorsichtig an einem Begrenzungspfosten festhält.

Ich muss grinsen und spüre, wie Sally ihr Gesicht im Ärmel meiner Daunenjacke vergräbt, um nicht loszuprusten. Selbst Natter mit seinem gebrochenen Arm muss kichern.

Einstein sieht süffisant von Anarcho zu uns

und sagt: »Auf keinen Fall auf die Straße treten. Da könnte Blitzeis sein.«

Anarcho, der gerade dabei ist, seinen Verband aus Taschentuch und Tibetanischer Wollmütze zu richten, hält wie versteinert inne und zeigt dann ruckartig mit dem Finger auf Einstein.

»Also gut, Streber. Das war's. Jetzt kriegst du auf's Maul!«, knurrt er resolut und stapft auf Einstein zu. »Ich hab die Schnauze endgültig voll von deiner Klugscheißerei!«

Einstein macht ein paar Schritte rückwärts und hebt beschwichtigend die Hände.

»Peace, Anarcho, Peace«, sagt er. «Du bist doch gegen Gewalt!«

Dummerweise muss er dabei lachen, wie übrigens auch wir anderen. Wir können uns gar nicht mehr einkriegen.

Anarcho schnaubt nur wütend und findet's gar nicht witzig. Erst als Sally dazwischen geht, ihre Arme um seine molligen Hüften schlingt und lachend ihre Wange auf seine Brust legt, schmunzelt er versöhnlich. Er drückt Sally an sich und zeigt dann noch mal warnend auf Einstein.

»Aber den Scheiß mit den tragbaren Telefonen und dem Navigationsdings glaub ich dir trotzdem nicht«, stellt er zur Rettung seiner Ehre fest. »Deinen ganzen abgefuckten Science-Fiktion-Mist kannst du dir getrost unter die Vorhaut jubeln, klar?«

Alle sind sich einig, dass wohl so bald kein Auto vorbei kommen wird. Wir überlegen also, in welche Richtung wir losgehen sollen. Vielleicht sogar die Gruppe aufteilen und in beide Richtungen marschieren? Wer zuerst an ein Haus kommt, kann dann den anderen Hilfe schicken. Am Ende wollen wir aber doch lieber zusammen bleiben. Und weil keiner sich erinnern kann, in den Minuten vor dem Unfall Häuser gesehen zu haben, beschließen wir, weiter unserer ursprünglichen Fahrtrichtung zu folgen.

Im Gänsemarsch stapfen wir die Böschung entlang, Einstein mit der Taschenlampe voraus, Natter gleich dahinter, dann Sally, Anarcho und ich. Die Straße verläuft weiterhin bergauf. Nach unserer Unfallkurve treten die Felswände zurück und weichen auch hier dichtem Mischwald. Es ist so bitterkalt, dass der Waldweg sich schon bald zu ziehen beginnt. Obwohl wir ständig in Bewegung sind, schlottern wir jämmerlich vor uns hin. Anarcho macht sich hin und wieder Luft, indem er flucht, während Natter manchmal leise vor Schmerzen aufstöhnt. Irgendwann will Einstein die miese Stimmung ein bisschen heben und fängt wieder mit Smalltalk an.

»Ganz schön gruselig hier, häh?«, sagt er. »Erinnert mich an diese Horror-Story aus Amerika, die mit der Hakenhand. Muss echt passiert sein.«

»Erzähl«, murmelt Natter matt aber interessiert.

Wir können nicht glauben, dass Natter die Geschichte nicht kennt.

Es ist eine dieser Stories, von denen immer jeder sagt, sie seien »echt mal irgendwo passiert«, was wohl nur selten tatsächlich stimmt. Die mit der Hakenhand glaubt keiner von uns. Aber weil es kein Science Fiction-Mist ist, Natter die Geschichte nicht kennt und somit von seinen Schmerzen abgelenkt wird, lassen wir Einstein gewähren.

»Wie gesagt – muss echt passiert sein«, betont er noch mal.

»Da ist also dieser Typ, der sich mit seiner Schnegge einen geilen Abend machen will. Er nimmt sie im Auto mit in einen abgelegenen Wald und parkt auf einer Lichtung. So richtig schön idyllisch, versteht ihr?«

Anarcho macht ein Käuzchen nach.

»Er will natürlich eine Nummer mit ihr schieben …«, erzählt Einstein weiter, »… und hat im Radio romantische Musik laufen. Da wird die Sendung plötzlich von einer Durchsage unterbrochen. Aus einer Irrenanstalt ganz in der Nähe ist ein sadistischer Verrückter ausgebrochen, so ein total Irrer, wisst ihr? So einer, der seine Opfer so richtig bestialisch zu Tode quält, versteht ihr? Und diesem Killer fehlt eine Hand. Drum hat er so eine Hakenhand, wie ein Pirat. Das Pärchen gruselt sich, und plötzlich hören sie so ein komisches Kratzen am Auto. Das lässt ihnen natürlich das Blut in den Adern gefrieren. Der Typ schmeißt also seine Karre wieder an, und dann nix wie auf und davon. Und wie die Beiden dann später aussteigen, baumelt eine blutige Hakenhand am Türgriff. Krass, was?«

»Hm«, macht Natter.

Wortlos stapfen wir weiter.

»Natter?«, fragt Anarcho irgendwann.

»Hm?«

»Ist gar nicht echt passiert – nur 'ne Story.«

»Mir schon klar, du Hirni.«

»Aber 'ne gute Story«, setzt Einstein nach.

Weiter und weiter geht's, immer die Straße entlang.

»Habt ihr auch Hunger?«, fragt Anarcho.

»Durst«, japst Sally.

Ich drücke auf die Beleuchtung meiner digitalen Armbanduhr: 22:25. Unser Unfall ist noch keine dreiviertel Stunde her, doch in der klirrenden Kälte kommt es mir wie eine Ewigkeit vor. Immerhin fällt mittlerweile kein Eisregen mehr.

»He, Jungs!«, sage ich. »Wen findet ihr am geilsten: Annie Lennox, Madonna oder Samantha Fox?«

»Ihr und euer blödes Macho-Gelaber«, kommentiert Sally.

»Hähä«, macht Anarcho.

Natter schweigt.

»Die dicksten Möpse hat Samantha Fox«, kommt es fachmännisch von Einstein.

»Also ihr seid echt solche Macho-Arschlö… ist das ein Haus?«, ruft Sally plötzlich hoffnungsvoll.

»Verdammt! Ja!«, jubelt Einstein.

Links voraus tritt der Wald etwas zurück und weicht einer kleinen Wiese. An deren Rand hebt sich ein weiß getünchtes Gebäude schemenhaft vor den dunklen Bäumen ab. Es steht auf der gegenüberliegenden Straßenseite etwa fünfzig Meter von der Landstraße zurückgesetzt. Aus einer Terrassentür und einem großen Fenster daneben dringt Licht in die Nacht.

Endlich die Rettung! Unter großem Gejohle stürmen wir drauf los, quer über die Straße. Dummerweise vergessen wir dabei, dass die ja noch arschglatt ist. Dumpf haut es uns alle der Länge nach hin, und wir rutschen übers blanke Eis. Auch Anarcho, der offenbar aus seinem Fehler von vorhin herzlich wenig gelernt hat. Im Fallen drehe ich mich noch etwas seitwärts, um nicht auf meiner Gitarre zu landen. Aus dem Augenwinkel kann ich erkennen, wie Natter es wenigstens schafft, nicht mit dem gebrochenen Arm aufzuschlagen. Dann wälzen sich alle fluchend auf der Fahrbahn.

»Das ist doch alles eine riesengroße Scheiße hier«, röhrt Anarcho und rappelt sich auf die Knie. Seine Wollmütze ist im halb über die schiefe Brille gerutscht und das Taschentuch ist rausgefallen.

Sally sitzt neben ihm auf dem Hosenboden und reibt sich mit schmerzverzerrtem Gesicht das Handgelenk.

»So ein Mist!«, jammert sie, greift nach ihren Ohrenwärmern, die neben ihr liegen, und setzt sie wieder auf.

Ich liege auf der Seite und halte mir den Ellbogen, der vor Schmerzen pocht.

»Alles klar bei dir?«, frage ich Natter, der still neben mir liegt.

»Ich glaub, ich hab mir die Rippen geprellt«, kommt es frustriert.

»Oh Shit – das tut weh!«, bedaure ich ihn.

»Jip«, stimmt er mir zu.

Einstein kniet ein paar Meter weiter und reibt sich stöhnend den Hintern. Dann schiebt er mit der Fingerspitze seine schwarze Hornbrille wieder hoch, rückt sich das rosa Stirnband zurecht und hebt die heruntergefallene Taschenlampe auf. Er stellt fest, dass sie noch geht, nickt zufrieden und leuchtet uns der Reihe nach an.

»Alles klar?«

»Blitzeis, verstehst du?«, knirscht Anarcho, als

der Lichtkegel auf ihn fällt und macht sich daran, seinen Weg über die Straße auf allen Vieren fortzusetzen.

Einstein macht es ihm nach, auch Sally und ich. Nur Natter legt die Strecke seitlich robbend zurück, wie ein jämmerlicher kleiner Wurm.

Drüben angekommen, helfen wir ihm auf die Beine. Während er sich stöhnend die Rippen abtastet, sieht Sally sich Anarchos Platzwunde an.

»Und?«

»Blutet nicht mehr«, sagt sie. »Ist schon verkrustet.«

»Oder zugefroren«, sagt Anarcho bitter.

»Locker bleiben, Leute. Wir haben's ja bald geschafft. Da kommt's auf ein paar blaue Flecken mehr oder weniger auch nicht mehr an«, will Einstein sie aufmuntern.

Über die leicht ansteigende Wiese stapfen wir durch den Schnee in Richtung Haus. Es ist einstöckig und hat zum Hang hin eine kleine Terrasse. Die Glastür mit dem großen Fenster daneben bildet wohl gleichzeitig den Eingang.

»Sieht aus wie ein Ferienhaus«, sage ich.

»Ich glaub, da sitzen welche«, sagt Sally.

6 Komische Typen

Als wir näher kommen, kann ich nirgends ein Auto oder eine Garage sehen und habe Mitleid mit Natter, der es wohl noch länger ohne ärztliche Versorgung aushalten muss. Aber bei diesen Straßen kann man ihn sowieso nirgendwo hinfahren. Und ein Telefon wird es in dem Haus doch hoffentlich geben.

Hinter dem großen Fenster kann ich die Oberkörper dreier Männer erkennen, die an einem Tisch sitzen. Sie sind alle so Mitte bis Ende zwanzig und haben braune Bierflaschen mit Bügelverschlüssen vor sich stehen. Obwohl sie drinnen sitzen, tragen sie Winterjacken. Als sie uns bemerken, räumen sie hektisch auf der Tischplatte herum und schauen uns misstrauisch an.

Wir treten auf die Terrasse ins Licht, das nach außen dringt, und bleiben außer Puste in Reih und Glied stehen. Einstein senkt die Taschenlampe, tritt ans Fenster und hebt eine Hand zum Gruß.

»Hallo!«, ruft er. »Wir brauchen dringend Hilfe!«

Zur Erklärung leuchtet er kurz auf Natters Armschlinge.

»Könnt ihr uns bitte reinlassen!«

Die Männer machen keine Anstalten aufzustehen. Stattdessen mustern sie uns durch die Scheibe von Kopf bis Fuß.

Der eine, direkt am Fenster, ist ein riesiger, bulliger Kerl mit kurz geschorenem, dunklem Haar und Koteletten. Ein goldener Piratenohrring wirkt verschwindend klein in seinem fleischigen Ohrläppchen. Er kratzt sich das unrasierte Kinn und zieht die Mundwinkel nach unten. Seine glasigen braunen Augen scannen uns prüfend.

Neben ihm lümmelt ein kleiner Typ mit kantigem Gesicht und einer spitzen Hakennase. Sein strohblondes Haar ist kurz, der Seitenscheitel wie mit dem Lineal gezogenen. Er trägt eine Art Bomberjacke und kommt mir ein wenig wie ein kleiner Nazi vor. Blondie sitzt praktisch bewegungslos da, wirkt hart und gefühllos, was wohl auch an seinen kalten, stahlblauen Augen liegt. Sie sind beinahe weiß, und als er uns ansieht, zucken sie habichtartig von einem zum anderen, um schließlich an Sally hängen zu bleiben. Die Finger seiner rechten Hand trommeln kurz auf die Tischplatte, während seine Zunge so schnell wie die einer Giftschlange einmal über seine Lippen huscht.

Der dritte Mann sitzt den beiden gegenüber. Er hat eine braune Lederjacke mit Pelzkragen an, ist groß und hat schwarzes, welliges Haar. Ein kleiner Schnurrbart ziert seine Oberlippe, im angewachsenen Ohrläppchen glitzert ein silbernes Steinchen. Mit seinen weichen Zügen und dem Grübchen am Kinn ein gut aussehender Typ, doch auch er wirkt nicht gerade freundlich. Seine fast schwarzen Augen mustern uns unter buschigen Brauen.

»He Leute!«, ruft Anarcho, tritt neben Einstein und breitet die Arme aus. »Kommt schon! Wir sitzen hier echt in der Scheiße, und es ist arschkalt!«

Blondie und der Riese schauen den Großen fragend an. Der bedeutet ihnen mit der Hand, locker zu bleiben, schiebt knarrend seinen Stuhl zurück und steht auf.

Der Rücken von Blondie versteift sich.

Der Große zieht die Terrassentür auf, bleibt dahinter stehen und weist uns mit der Hand hinein.

»Kommt rein«, sagt er.

»Danke«, murmeln wir und wir schieben uns der Reihe nach ins Innere.

Ich als Letzter. Vorher schnalle ich noch meine Gitarrentasche ab, um nicht gegen Türrahmen oder Lampen zu stoßen. Drinnen bleiben wir stehen und nicken den Beiden am Tisch und dem Großen grüßend zu.

Er schließt die Terrassentür, geht um uns herum und bleibt in der Mitte des Raumes mit verschränkten Armen vor uns stehen.

Jetzt müsste er eigentlich etwas sagen, aber er steht nur so da und guckt, dass wir uns vorkommen wir Grundschüler, die was ausgefressen haben und vorm Direktor stehen.

»Unfall gehabt«, murmelt er irgendwann nur.

Wir nicken.

»Gott sei Dank«, sagt Einstein. »Wir brauchen ganz dringend einen Arzt! Habt ihr ein Auto?«

Der Mann schüttelt den Kopf.

»Wir sind Wanderer«, sagt er tonlos.

Ich sehe mich um.

Das Zimmer mit dem einfachen Laminatfußboden und einigen orientalischen Läufern muss das Größte im Haus sein. Rechts von der Terrassentür steht vor dem Fenster ein Esstisch mit bunter Plastiktischdecke, an dem die beiden

Typen sitzen und uns immer noch mustern. Sie scheinen zu warten, was der Große sagt.

An der Wand dahinter sind drei Türen, die alle offen stehen. Ich kann Schlafräume erkennen, was meine Vermutung bestätigt, dass wir uns in einem für die Fränkische Schweiz typischen Ferienhaus befinden. Die Vermieter wohnen hier offenbar nicht. In der Ecke links von der Terrassentür steht vor einem weiteren Fenster eine Sitzgruppe aus altmodischen bordeauxfarbenen Polstermöbeln, ein Sofa und zwei Sessel, davor ein quadratischer Glastisch.

An der Wand vor uns führt rechts ein kleiner Gang, von dem beiderseitig je eine Tür abgeht, zu einer Hintertür. Am linken Ende der Wand kann ich durch eine offene Tür einen Herd sehen.

Ein einfaches Holzregal mit Radio, Büchern und Gläsern steht in der Mitte. Auf einem kleinen Holztischchen daneben entdecke ich schließlich ein altes graues Telefon mit Wählscheibe.

»Können wir bitte telefonieren?«, frage ich und weise mit der Nase darauf.

Der Große regt sich nicht und nagt an der Unterlippe.

Als ich zum Telefon gehen will, verstellt er mir den Weg.

»Ich mach das schon«, sagt er. »Setzt euch.«

Er greift den Hörer und weist mit der Hand auf die Sitzgruppe.

»Habt ihr Durst?«

Er nickt dem Riesen zu, der seltsam lächelt und sich dann langsam erhebt.

Als er sich vollends aufgerichtet hat und wir ihn zum ersten Mal in voller Größe sehen, bleibt uns richtig die Spucke weg. Er muss über zwei Meter groß sein und auf seinem Kreuz hätte man Fußball spielen können. Sein Bierbauch fällt bei den wuchtigen Armen und Schenkeln kaum auf. Mit der Daunenjacke wirkt er fast wie das Michelin-Männchen. Er trägt Jeans und Winterstiefel, genau wie die beiden anderen. Lässig schlappt er zur Küche und duckt sich durch die Tür.

Als wir zögernd Platz nehmen, fällt mir auf, dass nicht geheizt ist. Ich öffne also nur meine Jacke, behalte sie aber an, wie auch meine Freunde. Nur Natter lässt seine Jeansjacke zu.

Als Blondie, der immer noch am Esstisch sitzt, Anarchos Rentierpulli bemerkt, huscht ein verächtliches Lächeln über sein Gesicht.

Natter setzt sich vorsichtig neben Anarcho und Sally aufs Sofa, Einstein und ich in die Sessel. Vorher lehne ich noch behutsam meine Gitarrentasche ans Fensterbrett.

»Arm gebrochen?«, fragt der Große mit Blick auf Natter, der sofort nickt. »Und ihr? Noch irgendwer verletzt?«

Er sieht uns der Reihe nach an.

Anarcho atmet tief durch, bläst die Wangen auf und winkt schließlich ab.

»Nö – passt schon«, sagt er, schiebt seine Wollmütze nach hinten und legt den Arm um Sally.

»Nö. Aber unser Auto steht da unten im Wald. Tja, war halt glatt, hi hi«, kichert Sally verlegen und nestelt an den Spitzen ihres Palästinenserschals herum.

Auch Einstein und ich winken ab.

»Passt schon«, sagt Einstein. »Nur der gebrochene Arm. Wo sind wir hier eigentlich?«

Der Große lässt die Frage unbeantwortet und beginnt zu wählen.

Ich nutze den Moment, um mit den anderen Blicke auszutauschen, wohl wissend, dass Blondie am Tisch uns nicht aus den Augen lässt.

Natter ist wie benebelt von seinen Schmerzen und starrt gleich wieder auf seinen Arm. Anarcho und Sally lächeln mich unsicher an, doch Einsteins Blick spricht Bände. Er sieht mich todernst an und scheint wie ich zu spüren, dass hier irgendetwas oberfaul ist.

Ich höre den Großen wählen: Das Plastikscheibchen rattert dreimal kurz.

»Hallo?« sagt er. »Wir haben hier einen Notfall ... Müller – Michael Müller ... Autounfall. Ein gebrochener Arm ... Im Ferienhaus an der Landstraße zwischen ... ääh ... Rappoltengrün und Wichsenstein – genaue Adresse weiß ich grad nicht ...«

Bei »Wichsenstein« müssen wir grinsen.

»Ja ... Hm ... Hm ... Und da liegt auch noch ein Auto im Graben ... Ja ... Hm ... Hm ... Ja, danke. Wiederhören.«

Der Große legt auf und sieht uns an.

»Kann dauern, wegen der glatten Straßen«, sagt er. »Den Arm nicht bewegen.«

Der Riese kommt mit fünf halbvollen Gläsern Mineralwasser zurück, die er trägt, indem er seine Wurstfinger oben rein steckt. Er stellt sie scheppernd auf den Glastisch, tritt zurück und lehnt sich mit verschränkten Armen an den Türrahmen der Küche. Der Große nimmt am Bücherregal eine ähnliche Pose ein, während Blondie regungslos am Tisch sitzen bleibt.

Alle drei sehen uns nur an.

Wir streifen unsere Handschuhe ab und nehmen die Gläser. Brav sagen wir »Danke«, prosten den Männern zu und trinken.

»Tja, Wandern was?«, fragt Sally und spielt unsicher mit ihrem Glas herum.

»Jaja, schön hier«, sagt der Große.

Blondie grinst ihn komisch an, lässt den Bügelverschluss seiner Bierflasche ploppen, nimmt einen ordentlichen Schluck, rülpst leise und stellt die Flasche geräuschlos zurück auf die Plastiktischdecke. Unsere Blicke begegnen sich.

Als ich in diese kalten Augen sehe, trifft mich schlagartig eine Erkenntnis. Es ist, als hätte ich in den letzten Minuten komplett auf der Leitung gestanden. In den Nachrichten hatte ich gestern von Banküberfällen in Bayern und Hessen gehört. Dabei war sogar ein Polizist niedergeschossen worden. Von mindestens drei maskierten Tätern war die Rede gewesen. Konnten das tatsächlich diese Typen sein? Hier in der Fränkischen Schweiz? Meine Gedanken beginnen zu rasen. Der letzte Überfall war in Hessen gewesen.

Ich habe das Gefühl, dass Blondie meine Gedanken lesen kann und schaue wieder zu Einstein. An der Art, wie er mich ansieht, merke ich, dass er den gleichen Verdacht hat.

Ich räuspere mich.

»Tja, äh. Können wir euer Bad benutzen? Wir wollen noch mal seinen Kopf ansehen.«

Ich zeige auf Anarcho, der kurz überlegt und dann stumm auf seine Wunde deutet.

Der Große nickt.

Als wir aufstehen wollen, sagt er: »Ihr passt da nicht alle rein – nur zwei. Hier lang.«

Er geht durchs Zimmer voraus, bleibt vor dem kleinen Gang zur Hintertür stehen und weist mit der Hand den Weg.

»Erste Tür links.«

7 Klogespräch

Als ich mit Anarcho zum Badezimmer gehe, schiele ich am Riesen vorbei in die Küche. Eine kaputte Scheibe am Fenster fällt mir sofort auf und erhärtet meinen Verdacht. Ich überlege, ob ich Anarcho davon erzählen soll, entscheide mich aber dagegen, damit er nicht ausflippt. Oder hat er es auch schon in den Nachrichten gehört? Wahrscheinlich. Gerade er läßt doch keine Sendung aus. Egal – ich will es darauf ankommen lassen.

Das weiß geflieste Badezimmer ist winzig. Ich stehe zwischen Tür, Waschbecken und Duschkabine, während Anarcho auf dem Klodeckel vor dem Fensterchen sitzt und mir seinen Kopf hinhält. Im Spiegel des Wandschränkchens hat er schon vorher die dicke Blutkruste über seinem Auge begutachtet und sich mit Klopapier Nase und Wange abgewischt. Aber er will, dass ich es mir auch noch mal ansehe.

»Und? Wie sieht's aus?«, fragt er.

»Ist doch scheißegal, die Wunde«, wiegele ich ab. »Ich will wegen der Typen mit dir reden. Die sind doch voll schräg, oder? Da stimmt doch was nicht!«

Er guckt ein bisschen beleidigt, wegen seiner Wunde, die mir scheißegal ist. Dann versteht er und schmunzelt.

»Sind nicht gerade Plaudertaschen, hä?«

»Psst, nicht so laut!«, zische ich. »Der Große steht doch draußen im Gang.«

»Mir kommen sie ja auch komisch vor«, gibt

Anarcho zu. »Aber vielleicht ärgern die sich nur, weil sie in Ruhe einen trinken wollten und dann plötzlich wir gekommen sind.«

»Ich weiß nicht. Die hocken doch an Silvester nicht zu dritt hier rum, oder?«

»Na ja. Wer weiß, wie die hier auf dem Land drauf sind. Vielleicht so eine Art Männerabend. Gepflegtes Besäufnis ohne Weiber. Oder vielleicht sind die ja sogar schwul und wollen sich gegenseitig ein bisschen... na ja, du weißt schon ... in den ...«

»Ach Quatsch!«

»Was hast du denn? Kann doch sein. Oder hast du was gegen Schwule?

»Anarcho ...«

»Na klar! Ihr Bullen habt doch alle was gegen Schwule. Gib's doch zu.«

»Anarcho ...«

»Die passen nicht in euer Männerbild. Aber Hauptsache, in eurem Verein gibt's nur harte Kerle mit Knarren und Schlagstöcken. Jaja! Immer auf die kleinen Schwulen!«

Ich packe ihn bei den Schultern und schaue ihn warnend an.

»Anarcho!«

»Hm?«

»Ich ... hab nichts ... gegen Schwule. Okay?«

»Oh ... äh ... ja klar.«

Ich atme tief durch und versuche mich zu konzentrieren.

»Abgesehen davon, dass das jetzt eh scheißegal ...«

»Na ja. Also scheißegal wär mir das nicht, wenn du was gegen Schwule ...«

»Anarcho! Jetzt hör mir doch mal zu!«, zische ich. »Ich sag dir, da stimmt was nicht. Die haben was zu verbergen. Außerdem lügen sie, wenn sie das Maul aufmachen.«

»Ja?«

»Die tragen keine Wanderschuhe. Es stehen auch nirgends Rucksäcke rum. Und sieh dir das an«, ich deute auf die Ablage über dem Waschbecken und öffne das Spiegelschränkchen. »Keine Zahnbürsten, Rasierer, Deos, nichts!«

»Hm. Der Dicke könnte schon ein Deo brauchen. Aber vielleicht sind die erst heute Nacht angekommen und haben noch nicht ausgepackt?«

»Von wegen ankommen und auspacken. Wenn du mich fragst, sind die einfach hier eingestiegen. In der Küche ist das Fenster kaputt.«

»Echt?«

»Echt.«

»Und was sollen wir jetzt machen?«

»Ich weiß es doch auch nicht. Deswegen wollte ich doch mit dir reden.«

Wir überlegen.

»Und wenn du einfach was sagst?«, schlägt er vor. »Du bist doch Bulle.«

Ich schüttle den Kopf.

»Keine gute Idee. Was soll ich denn schon sagen? Bisher vermuten wir ja nur, dass die hier eingebrochen sind. Was, wenn aber noch mehr im Busch ist und die richtig anfangen, Stress zu machen? Ihr seid keine Kämpfer, Natter ist verletzt, und alleine kann ich nichts machen. Ich meine – hast du dir den Großen und den Riesen schon mal angesehen?«

Wir überlegen weiter.

»Okay«, sagt Anarcho irgendwann. »Sagen wir mal, das sind ein paar kriminelle Dorftrottel, die hier eingestiegen sind, um an Silvester umsonst zu saufen. Vielleicht kennen sie ja den Besitzer und wissen, dass es hier Bier gibt, oder sie haben zum Fenster reingesehen …«

»Ich weiß nicht …«

»Lass mich doch mal ausreden. Jedenfalls – wenn das so ist, dann werden die uns nichts tun. Die warten, bis uns der Krankenwagen wegbringt und dann saufen die seelenruhig weiter.«

»Es wird kein Krankenwagen kommen.«

»Häh? Aber der Große hat doch …«

»Der Anruf war Verarschung. Er hat nach dem Wählen die Verbindung wieder getrennt.«

»Hast du das gesehen?«

»Nein. Aber es muss so sein, weil er hinterher nur Quatsch gelabert hat.«

Anarcho denkt nach, dann grinst er und zeigt mir den Vogel.

»Na klar! Hab's kapiert: ›Rappoltengrün‹ und ›Wichsenstein‹«, gluckst er. »Wen will der denn verarschen? Soll er doch gleich ›Rumpelstilzchenhausen‹ und ›Fickendorf‹ sagen, oder noch besser: ›Rappelkistenheim‹ – da wohnen Ratz und Rübe, verstehst du?«

Er muss kichern und hält sich die Faust vor den Mund.

»Das meine ich nicht«, sage ich. »Die beiden Dörfer gibt's echt, aber die liegen definitiv nicht beieinander. Er hat einfach irgendwas gesagt, weil er wusste, das wir eh keine Ahnung haben, wo wir sind.«

»Ach so.«

»Und der Name vom Großen ist ja wohl auch frei erfunden: Michael Müller! Ja klar – ganz bestimmt!«

Anarcho sitzt mit herabhängenden Armen und offenem Mund da und verarbeitet das Gehörte. Plötzlich zuckt er zusammen und sieht mich mit aufgerissenen Augen an.

»Aber wenn kein Rettungsauto kommt, dann sitzen wir ja hier fest mit diesen… diesen drei Zombies! Scheiße, Schreiber, was machen wir jetzt?«

Er springt hoch und packt mich bei den Schultern. Trotz meiner Daunenjacke spüre ich, wie sich seine Finger an mir festkrallen.

»Oh Fuck! Schreiber! Was machen wir jetzt?«, wiederholt er.

»Ruhig, Anarcho, ruhig«, sage ich beschwichtigend und lege ihm die Hände auf die Brust. »Atme erstmal tief durch.«

Ich muss an die polizeiinterne, inoffiziell oberste Grundregel denken: In kritischen Situationen Ruhe bewahren.

Anarcho nickt brav und sieht mich erwartungsvoll an. Als ich nachdenke, fährt er mit einem Mal wieder zusammen und schlägt sich die Hand vor dem Mund. Okay – er hat's gemerkt.

»Ach du Scheiße!«, jammert er. »Und wenn das die Typen aus den Nachrichten sind? Diese Bankräuber?«

»Pssst!«, zische ich und schaue besorgt zur Tür.

»Du glaubst doch auch, dass die das sind, oder?«

»Ich weiß es nicht, verdammt noch mal!«, knirsche ich.

»Oh Fuck! Oh Fuck! Was machen wir jetzt? Was machen wir jetzt?«, wimmert er leise.

»Also gut«, sage ich. »Ich weiß, was wir tun werden: Wir erzählen denen, dass wir dem Rettungsauto entgegenlaufen wollen, weil's Natter so mies geht. Dann sagen wir noch freundlich ›Danke‹ und spazieren in aller Ruhe hier raus, als wäre nichts …«

Ein ungeduldiges Klopfen an der Badezimmertür unterbricht mich.

»He! Kommt mal raus! Da ist was mit eurem Kumpel!«, ruft der Große draußen.

Ich sehe Anarcho an.

»Okay?«

»Alles klar. So machen wir's«, flüstert er.

Ich nicke ihm noch mal zuversichtlich zu, öffne schwungvoll die Tür und schaue prompt in die Mündung einer Pistole.

»Ihr Kasper geht nirgendwo hin«, sagt der Große ruhig. Seine schwarzbraunen Augen funkeln mich entschlossen an.

Mir stockt der Atem. Ich erkenne sofort, dass die Knarre echt ist. Sie sieht aus, wie eine alte Militärwaffe.

»Okay, okay, alles klar«, hauche ich schnell und halte die offenen Hände vor die Brust.

»Ach du Scheiße«, wimmert Anarcho und hebt auch die Hände.

»Schnauze!«, brüllt der Große.

Anarcho zuckt zusammen und senkt demütig den Blick.

»Äh – können wir was helfen?«, kommt es

schüchtern von hinten aus dem Zimmer. Es ist Sally.

Der Große läuft rückwärts durch den Gang ins große Zimmer und zielt, ohne Anarcho und mich aus den Augen zu lassen, in Richtung der Sitzgruppe.

»Und ihr haltet auch die Schnauze, klar?«, donnert er die anderen an.

»Klar«, kommt es kleinlaut von Sally.

Der Große bedeutet uns mit dem Pistolenlauf, zurück zu unseren Freunden zu gehen.

Ohne die Hände zu senken, kommen Anarcho und ich langsam aus dem Gang. Ich habe noch nie im Leben so weiche Knie gehabt und kann die Pistole förmlich auf meinem Körper spüren. Wir gehen quer durchs Zimmer und bewegen uns dabei seitlich, den Blick respektvoll auf den Großen gerichtet.

Mit den Rücken zum Glastisch bleiben wir stehen und schauen uns zaghaft um.

Blondie hat sich inzwischen lässig wie ein Cowboy an die Terrassentür gelehnt, die Daumen in den Taschen seiner Jeans eingehakt.

Der Riese steht jetzt wie ein Türsteher mit verschränkten Armen zwischen Küchentür und Sitzgruppe und fixiert Einstein, Natter und Sally, die dasitzen wie ein paar verschreckte Kaninchen.

»Was machen wir jetzt mit denen?«, ruft der Riese dem Großen über meinen Rücken hinweg zu. Er hat eine Bassstimme, die Barry White vor Neid erblassen lassen würde.

Ich sehe zum Großen.

Er steht neben dem Esstisch, die Pistole ruhig auf uns gerichtet und überlegt.

»Machen wir sie doch einfach kalt«, sagt Blondie, der zum ersten Mal spricht. Er hat eine hohe Stimme mit einer Art melodiösem Singsang, die mich an Klaus Kinski in den Edgar Wallace-Filmen erinnert – ganz klasse.

Wir können nicht glauben, was wir gerade gehört haben und halten die Luft an.

Der Große sagt nichts, während der Riese um uns herumstapft und sich wie ein Leibwächter neben ihm aufbaut.

Anarcho hält das Schweigen nicht mehr aus.

»He, Leute, locker bleiben«, sagt er mit zitternder Stimme. »Ihr braucht uns doch nicht kaltmachen.«

Er geht vorsichtig einen Schritt auf den Großen zu und macht mit den Händen eine beschwichtigende Geste, wobei er sich ein Stück seitlich bewegt und sich so etwas vor Sally stellt.

»Ist uns doch Wurst, wer ihr seid oder was ihr gemacht habt! Und wenn ihr 'ne Bank überfallen habt …«

Die drei Typen zucken kaum merklich zusammen.

Unbeirrt plappert Anarcho weiter um sein Leben.

»He! Banküberfall finde ich voll cool! Immer schön dem kapitalistischen System eins auswischen! Hähä! He! Wir sind voll auf eurer Seite.«

Der Große nickt dem Riesen zu.

»He, Peace, Leute!« setzt Anarcho an und macht mit Zeige- und Mittelfinger das Peace-Zeichen. »Wir sind welche von eu…«

Blitzschnell springt der Riese vor und schlägt Anarcho mit der Faust mitten ins Gesicht.

Sally kreischt auf.

Anarcho fällt um wie ein Baum und knallt mit dem Hinterkopf scheppernd gegen die Platte des Glastisches. Dumpf schlägt er auf einem der Läufer auf, wo er reglos auf dem Rücken liegen bleibt.

Natter und Einstein sitzen da wie Salzsäulen.

Sally ist käseweiß und steckt sich die Faust in den Mund.

Ich wage nicht, mich zu rühren und schiele nach unten.

Anarcho blutet stark aus der Nase. Seine Tibetmütze und die Brille liegen neben seinem Kopf, unter dem sich der Teppich mit Blut voll saugt.

Ich versuche zu erkennen, ob Anarcho noch atmet … Nichts.

In der Blues-Bar II

Schreiber seufzte tief, nahm einen großen Schluck Pils und nickte nachdenklich vor sich hin, als er den Glaskrug wieder absetzte.

Thiele und Aurich hatten wie gebannt zugehört.

Selbst Lucy hatte ihre Arbeit unterbrochen. Sie stand auf der anderen Seite der Bar neben dem braunen Holzfass und stützte den Kopf auf die Hände.

»Und?« fragte sie. »War Anarcho wirklich tot?«

Schreiber schüttelte den Kopf.

»Gott sei Dank nicht«, sagte er. »Aber in dem Moment dachten wir es alle, weil wir ihn unter den dicken Klamotten nicht atmen sahen und alles voller Blut war. Es war abscheulich.

Ich glaube, es war für uns dieser eine Augenblick im Leben, wo einem wirklich bewusst wird, dass man sterben kann – nein, dass man sterben wird, ganz sicher! Versteht ihr, was ich meine: Alle müssen irgendwann sterben. Man ist richtig tot und steht nicht einfach wieder auf wie die Schauspieler im Film, wenn die Szene im Kasten ist.

Wenn man jung ist, versteht man das nicht. Wir waren so lebensfroh, unbekümmert und voller Energie. Wir hielten uns alle für unsterblich, wir glaubten bis zu diesem Zeitpunkt wirklich, wir würden ewig leben. Selbst nach dem Schreck mit dem Unfall – was soll's? Wir stiegen aus Natters kaputter Karre aus, liefen weg und lebten weiter.

Aber als Anarcho – unser Anarcho – da so vor uns lag, traf uns die Erkenntnis wie ein Keulenhieb: Alle sterben, der Tod ist Realität und für uns konnte in dieser Nacht schon alles zu Ende sein. Game over.«

Lucy starrte Schreiber an und schluckte.

Schreiber schaute in ihr hübsches, junges Gesicht und lächelte versöhnlich.

»Tja, genieße dein Leben – jeden Tag und jede Sekunde«, sagte er und zwinkerte ihr zu.

Lucy lächelte zurück.

»Prost«, sagte Aurich.

Die drei Kommissare stießen an und tranken.

»Was waren das denn nun für Typen? Wirklich diese Bankräuber, oder?«, wollte Thiele wissen.

»Ja«, sagte Schreiber. »Sie waren nicht einmal die Dümmsten, aber vor allem extrem dreist. Sie haben nach den Weihnachtsfeiertagen gleich drei Banken an einem Tag überfallen: in Bad Kissingen, Fulda und eine kleine Filiale in der Nähe von Bad Hersfeld. Und zwar genau in der Reihenfolge, wodurch sie schlauerweise eine Spur in Richtung Norddeutschland gelegt haben. Auch bei den Überfällen selbst sind sie rotzfrech vorgegangen. Sie sind einfach maskiert in die Schalterräume hineinspaziert, haben mit der Knarre rumgewedelt, alle in Schach gehalten und soviel Geld eingesackt, wie sie krallen konnten. Den Kollegen haben sie vor der Bank bei Bad Hersfeld niedergeschossen. Er war nur zufällig am Tatort.«

»Hat er überlebt?«, fragte Aurich?

»Ja, zum Glück auch ohne bleibende Schäden, aber das wussten die Typen nicht. Sie dachten also, sie hätten auch einen Polizistenmord auf dem Konto und nichts mehr zu verlieren – abgesehen davon, dass Blondie sowieso ein kleiner kranker Drecksack war.«

»Gut«, sagte Thiele. »Aber eines musst du mir noch schnell verraten, und dann muss ich mal für kleine Mädchen: Was hatten die in dem Ferienhaus verloren?«

Schreiber lachte auf.

»Tja, das ist wohl das Skurrilste an der ganzen Geschichte. Sie waren nach den Überfällen für eine Nacht auf einem Hof in der Fränkischen Schweiz untergetaucht. Von da aus wollten sie in der Silvesternacht nach Bamberg, um die Freundin des Großen abzuholen und dann weiter Richtung Süden. Und wegen dem Blitzeis haben die, genau wie wir, ihr Auto in den Graben gesetzt. Im Gegensatz zu uns haben sie sich zwar nicht verletzt, aber ihr Auto bekamen sie auch nicht mehr frei. Die schlappten genau wie wir die Landstraße entlang, nur aus entgegengesetzter Richtung, und kamen kurz vor uns am Ferienhaus an. Als sie merkten, dass keiner da war, stiegen sie durch die Küche ein, bedienten sich mit Bier und besprachen seelenruhig die Lage. Sie machten sogar Licht, weil sie davon ausgingen, dass der Besitzer irgendwo Silvester feiern würde, beziehungsweise niemand kommen konnte wegen der glatten Straßen.«

Schreiber schmunzelte kopfschüttelnd und nahm einen Schluck Pils.

»Nun ja«, sagte er dann. »Und als diese Jungs so gemütlich beieinander sitzen, kommen plötzlich wir jämmerliche Gestalten daher …«

Aurich lachte auf und haute mit der Hand auf die Bar.

»Ja klar«, rief er. »Und dann haben sie erst mal improvisiert.«

»Und sich dabei auf den Großen verlassen, der das Sagen hatte«, ergänzte Schreiber. »Als der dann aber an der Badezimmertür mein Gespräch mit Anarcho belauschte, merkte er, dass das Versteckspiel keinen Sinn mehr hatte.«

»Entschuldigt mich jetzt – ich beeile mich«, versprach Thiele, eilte an der Bar vorbei und verschwand in Richtung der Toiletten.

»Erst weiter erzählen, wenn ich wieder da bin«, mahnte Lucy mit erhobenem Zeigefinger und huschte davon, um in den hinteren Räumen neue Bestellungen aufzunehmen.

Aurich schaute wieder über die Schulter und schüttelte sich, als er hinter der milchigen Fensterscheibe noch immer schemenhaft das dichte Schneetreiben erkannte. Er drehte sich zurück zur Bar und sah Sam beim Einschenken zu.

»Schreiber?«

»Hm?«

»Du erzählst uns doch keinen Scheiß, oder?«

»Ist echt passiert – Ehrenwort. Kommt sogar noch viel dicker.«

»Na, da bin ich mal gespannt.«

Sie lauschten der Bluesmusik. Der Amerikaner im hintersten Raum war inzwischen bei Chicago Blues angekommen und spielte eines von Schreibers Lieblingsliedern: *Thrill is gone* von *B. B. King*.

»Und? Was hast du deiner Nike zu Weihnachten geschenkt?«, erkundigte sich Aurich von Vater zu

Vater. Er selbst hatte zwei Söhne im Teenageralter, Schreibers siebzehnjährige Tochter wohnte mit ihrer Mutter und deren neuem Partner in Nürnberg.

»Dreimal darfst du raten«, antwortete Schreiber.

»Neues Handy?«

»Treffer – aber Handy heißen diese Superdinger ja schon gar nicht mehr. Die heißen jetzt irgendwie anders. Die können alles.«

Aurich lächelte verständnisvoll.

»Meine Jungs haben sich auch welche gewünscht. Aber ich hab sicherheitshalber noch nen neuen Fußball oben drauf gepackt, damit sie die wesentlichen Dinge des Lebens nicht vergessen.«

Schreiber nickte nachdenklich.

»Jaja«, sinnierte er. »Heutzutage kommen einem die Achtziger schon wie die Steinzeit vor, was?«

Thiele kam zurück und schwang sich auf ihren Barhocker.

»Erzähl weiter, Tiger«, forderte sie Schreiber auf.

»Stopp, Stopp, Stopp!«, rief Lucy, kam herbeigeeilt und huschte zurück auf die andere Seite des Tresens, wo sie exakt die gleiche Pose wie zuvor einnahm, indem sie den Kopf auf beide Hände stützte. Ihre klaren, grünen Augen hingen an Schreibers Lippen.

8 Leibesvisitationen

Tja – während also irgendwo in der Fränkischen Schweiz die Jahrhundertfete steigt, sitzen wir mit diesen drei Verbrechern in dem verdammten Ferienhaus fest.

Als ich so da stehe und hinunter auf Anarcho schiele, weiß ich nicht, was schlimmer für mich ist: die Befürchtung, dass er tot ist, oder meine eigene Todesangst.

Verzweifelt versuche ich, die Situation einzuschätzen: In meiner Ausbildung habe ich gelernt, Verdächtige zu überwältigen und zu entwaffnen. Aber Theorie und Praxis sind zwei paar Schuhe. Außerdem stehe ich zu weit vom Großen weg. Und Natter, Sally und Einstein würden niemals schnell genug aus der Sitzgruppe hochkommen, um die Aufmerksamkeit der anderen auf sich zu ziehen.

Ich kann also nur weiter dastehen und warten.

»Mach schon. Niete sie um. Oder noch besser: Lass es mich machen«, sagt Blondie, stößt sich mit dem Rücken von der Terrassentür ab und tritt neben den Großen. Dabei macht er eine Bewegung, als ob er nach hinten in den Hosenbund greifen will. Hat er auch eine Knarre? Dann hält er inne, denn der Große hebt die Hand.

»Langsam«, sagt er. Dann zu mir: »Du! Heb die Hände höher!«

Er nickt dem Riesen zu. Der kommt zu mir und brummt: »Dreh dich um.«

Ich gehorche, und er fängt an, mich nach allen Regeln der Kunst zu durchsuchen. Als er bei meinen Kronjuwelen ankommt, halte ich vor Angst die Luft an, aber er lässt Gnade walten. Zwischendurch schaue ich rüber zu Einstein, dann zu Natter und Sally. Doch aus ihren Augen spricht nur Angst und Hilflosigkeit.

Der Riese fördert meinen Geldbeutel und ein Taschentuch zu Tage, Letzteres lässt er angewidert fallen. Es folgen meine Zahnbürste, die er achtlos über die Schulter wirft, mein heiß geliebtes Schweizer Taschenmesser und ein Päckchen Kondome, das ich total vergessen hatte. Das Messer steckt er gleich ein. Die anderen Sachen trägt er rüber zum Küchentisch, wo er sie zwischen die drei Bierflaschen wirft.

Blondie geht hin, hebt die Kondome auf und grinst uns hämisch an.

»Wozu braucht ihr die denn?«, säuselt er und hält das Päckchen hoch. »Seid wohl alle schwul, hä? Richtige kleine Schwuchteln mit euren rosa Stinbändern?«

Er zwinkert Sally zu und steckt die Kondome ein.

»Setz dich«, befiehlt der Große und winkt mich mit der Pistole zum freien Sessel. »Und jetzt ihr anderen, der Reihe nach. Du zuerst.«

Er winkt Einstein zu sich, und ich setzte mich. Ich muss immer wieder zu Blondie sehen.

Plötzlich faucht der mich an: »Was glotzt du so, hä?«

Er kommt einen Schritt näher und holt aus, schlägt mich aber nicht, als ich ängstlich die Schultern hochziehe und den Kopf wegdrehe.

»Ich kann deine Fresse nicht leiden«, knurrt er. »Also glotz nicht so blöd.«

Der Riese durchsucht Einstein und wirft seine Sachen zu meinen auf den Küchentisch. Als er ihn zurück zu seinem Sessel schicken will, tut Einstein etwas, das ich unglaublich finde: Er räuspert sich schüchtern und deutet zum Küchentisch auf seinen kleinen Ersatzzauberwürfel, der da liegt.

»Äh? Darf ich den behalten?«, fragt er.

Ich traue meinen Ohren nicht.

»Ts«, macht der Riese, holt kopfschüttelnd den Würfel, drückt ihn Einstein in die Hand und schubst ihn zurück auf seinen Platz.

»Ist eh nur was für kleine Schwuchteln«, kommentiert Blondie.

Natter schleppt sich zur Durchsuchung und stöhnt vor Schmerzen auf, als der Riese an seiner Armschlinge und den geprellten Rippen herumtastet. Als er es endlich hinter sich hat, steht Natter kalter Schweiß auf der Stirn und er schlurft wie ein alter Mann zum Sofa zurück, wo er sich vorsichtig niederlässt.

Der Große winkt Sally, doch die starrt nur den Riesen an und schüttelt den Kopf.

»Mach schon«, drängt er und zielt auf sie.

Sie kneift trotzig die Lippen zusammen und schüttelt den Kopf.

»Sie nicht kaltmachen«, sagt Blondie. »Sie noch nicht!«

In dem Moment kommt ein Brummen von Anarcho, dem ein Husten folgt. Er dreht den Kopf ein paar Mal hin und her, blinzelt benommen, setzt sich stöhnend auf und sieht sich ungläubig um. Er betastet Hinterkopf und Nase, zuckt dabei immer wieder vor Schmerzen zusammen und wimmert vor sich hin. Auf dem Läufer erkennt er seine Brille, die er sich tapsig greift und auf die Nase setzt.

Blondie erinnert sich offenbar daran, dass Anarcho den Arm um Sally gelegt hatte und sagt: »Fang mit dem schwulen Kriegsdienstverweigerer hier an. Erledige ihn zuerst.«

Anarcho hält inne und schaut ungläubig in die Mündung der Pistole, die der Große jetzt auf ihn hält.

Blondie lächelt bösartig zu Sally hinüber.

Ohne zu zögern nimmt sie ihren Palästinenserschal ab und legt ihn neben sich aufs Sofa. Sie erhebt sich, geht in die Mitte des Raumes und stellt sich mit erhobenen Armen zur Durchsuchung bereit.

»Lass mich«, sagt Blondie, läuft an dem Großen vorbei, wird aber vom Riesen zurückgeschubst.

»Ich mach das schon«, brummt der.

Blondie steht mit geballten Fäusten da und überlegt.

Der Riese, der ihn um zwei Köpfe überragt, beachtet ihn nicht weiter und fängt an, Sally zu durchsuchen, indem er ihr erstmal die Ohrenwärmer abnimmt und sie achtlos beiseite wirft. Sie erträgt es mit ausdrucksloser Miene. Er fährt ihr mit seinen Wurstfingern unter die Daunenjacke, und bei ihren kleinen Brüsten hält er sich länger als nötig auf. Sally beißt die Zähne zusammen.

»Lass das jetzt«, sagt der Große.

Der Riese gehorcht und entlässt Sally, die inzwischen lila angelaufen ist, mit einem gönnerhaften Klaps auf den Po.

Hat mich Einsteins Aktion mit dem Zauberwürfel schon überrascht, fällt mir bei Sallys Reaktion nun so richtig die Kinnlade runter: Sie wirbelt herum und scheuert dem Riesen eine, die sich gewaschen hat.

Alle im Raum zucken zusammen.

Der Zeigefinger des Großen bleibt zum Glück ruhig.

Ich starre fassungslos: Wie passt das denn zusammen? Sie erträgt es, dass dieses Monstrum ihr an die Titten fasst, und bei dem Klaps auf den Po rastet sie aus?

Sally steht vor dem Riesen und kocht vor Wut. Sie hat ihre Fäuste so stark geballt, dass die Knöchel weiß hervortreten.

»Du Macho-Arsch!«, kreischt sie und funkelt den Riesen trotzig an.

Der glotzt ungläubig mit offenem Mund und reibt sich langsam die Wange.

Blondie grinst dämlich.

Der Große bleibt cool und lässt uns weiter nicht aus den Augen.

Der Riese sieht Sally fast schon verliebt an und lacht herzhaft, wie ein alter Mann, dem sein Enkelkind gerade ein lustiges Kunststück vorgeführt hat. Sally macht zwei Schritte rückwärts, dreht sich um und stapft zurück zum Sofa, wo sie sich hinsacken lässt und hastig ihren Schal wieder umlegt.

Der Riese ist einfach stehengeblieben, aber als Sally wieder sitzt, wirft er ihr ein Küsschen hinüber.

»Dafür werd ich dich nachher ordentlich durchknattern!«, ruft er ihr freundlich zu.

»Hähä«, macht Blondie.

»Du Arsch«, knirscht Anarcho, der immer noch vor dem Glastisch auf dem Hosenboden sitzt.

»Schnauze, Kriegsdienstverweigerer!«, brüllt Blondie und tritt ihm gegen den Oberschenkel.

»Fuck!«, stöhnt Anarcho, greift mit beiden Händen an die Stelle und sackt zur Seite.

Meine Angst weicht allmählich einer Stinkwut – nur wegen der Scheiß-Knarre des Großen muss ich mit ansehen, wie diese Dreckstypen auf meinen Freunden rumtrampeln. Ausgerechnet ich! Wo ich doch eigentlich gerade ein guter Polizist werden will.

Blondie will noch einmal mit Anlauf zutreten, aber der Große hält ihn davon ab.

»Lass ihn«, sagt er bestimmt, und dann zu Anarcho: »Komm hoch, mach schon!«

Ächzend rappelt Anarcho sich auf. Als er endlich steht, wankt er und bricht fast wieder zusammen. Stöhnend fasst er sich an den Hinterkopf und schaut dann ausdruckslos auf seine Hand, die voller Blut ist. Dabei merkt er, dass ihm auch Blut von der Nase auf die Jacke tropft. Sie muss gebrochen sein, schief und angeschwollen wie sie aussieht.

»Der blutet ja überall«, sagt der Riese.

»Halt dir was unter die Nase«, befielt der Große.

Anarcho greift langsam mit der sauberen Hand in die Tasche seiner Daunenjacke, zieht sein Taschentuch heraus und tut wie geheißen. Eine Minute später hat auch er die Durchsuchung hinter sich.

»Steht auf und geht da rüber«, sagt der Große und winkt uns zum Holzregal.

Wir gehorchen. Anarcho hinkt und hält sich den Oberschenkel. Sally darf noch ihre Ohrenwärmer und Anarchos Mütze aufheben.

Der Große drängt uns weiter in den kleinen Gang zu einer alten Holztür gegenüber dem Badezimmer, die ich öffnen muss. Dahinter führt eine einfache betonierte Treppe nach rechts in den Keller. Ich muss als erster runtergehen und knipse das Licht an. Eine Neonröhre erwacht flackernd zum Leben. Der Raum ist kleiner, als ich dachte, das Haus muss nur zum Teil unterkellert sein.

Unten angekommen sehe ich mich um. An der Wand gegenüber steht in der Ecke ein Weinregal, das teilweise gefüllt ist, rechts daneben sind drei Kästen Bier gestapelt. An der Wand links gibt es ein kleines, von außen vergittertes Fensterchen voller Spinnweben, an der Wand hinter mir stehen neben der Mauer des Treppenaufgangs zwei große, braune Öltanks. Bitter frage ich mich, ob der Raum unser Gefängnis oder unser Grab sein wird.

Der Große kommt hinter uns die Treppe runter und dirigiert uns weiter nach links zur Wand mit dem Fensterchen.

»In einer Reihe aufstellen«, befiehlt er.

Er steht vor uns und sieht uns an, während die anderen beiden hinter ihn treten. Blondie rempelt ihn mit der Schulter an.

»Wie gesagt«, sagt er. »Ich würd's schon machen. Mit dem dicken Kriegsdienstverweigerer fang ich an.«

Anarcho fährt zusammen, nimmt das Taschentuch von der Nase und hebt die Hände.

»He, Leute! Jetzt macht doch keinen Schei…«

»Schnauze«, faucht der Große.

Er kratzt sich am Hinterkopf und sieht sich um, die Waffe weiter ruhig auf uns gerichtet.

»Tragen wir erstmal was zum Saufen hoch, ist schließlich Silvester«, sagt er und grinst Blondie schief an.

Der Riese schlappt zu den Bierkästen, greift sich zwei als wären sie aus Styropor und trägt sie nach oben.

»Hört zu, ihr Kasper«, sagt der Große ruhig und bestimmt. »Wenn ihr hier irgendwelche Scheiße abzieht, komm ich runter und schieße … äääh …«, er überlegt. Schließlich zeigt er mit der Knarre auf Einstein und sagt: »… dir die Eier ab, klar?«

Mit gesenkten Blicken stehen wir da und nicken unterwürfig. Wie ein Fußballer in der Freistoßmauer hält sich Einstein instinktiv die Hände vors Geläut.

»Gehen wir«, sagt der Große.

9 Im Keller

Wir hören, wie im Schloss der Schlüssel umgedreht und dann abgezogen wird. Die Schritte der Typen entfernen sich.

Schweigend stehen wir im hellen Neonlicht zwischen den trostlosen, grauen Kellerwänden und versuchen zu begreifen, was wir in den vergangenen fünfzehn Minuten erlebt haben.

Es ist bitter kalt hier unten.

Sally gibt Anarcho seine Mütze zurück, die er mit einem dankbaren Nicken entgegennimmt und sich vorsichtig überstreift. Er betastet mit den Fingern behutsam seinen Nasenrücken.

»Die Arschlöcher haben mir die Nase gebrochen«, stellt er fest und hat vor Wut und Schmerzen Tränen in den Augen.

»Was machen wir jetzt?«, fragt Einstein und sieht mich an. »Das waren doch die Bankräuber aus dem Fernsehen, oder?«

»Nicht so laut!«, zischt Sally und schielt ängstlich die Treppe hoch.

Spontan bilden wir einen Kreis, in dem plötzlich alle mich ansehen.

»Schreiber! Du bist doch Bulle!«, drängt Anarcho. »Was machen wir denn jetzt?«

Was soll ich ihm sagen? Anarcho merkt, dass ich zu lange überlege. Als er spürt, wie ihm ein neuer Schwall Blut aus der Nase läuft, fängt er an durchzudrehen.

»Fuck!«, jammert er und hinkt hektisch auf und ab. »Die werden uns alle kaltmachen! Die werden uns alle kaltmachen! Fuck! Fuck! Fuck!«

»Ich halt diese scheiß Schmerzen nicht mehr aus«, brabbelt Natter frustriert und schlurft zum Weinregal.

Sally sieht mich unsicher an.

»Meinst du, die wollen mich echt …?«, den Rest kann sie nicht aussprechen.

Neben ihr kichert Einstein irre auf. »Was soll ich denn dann sagen? Habt ihr nicht gehört, was der eine zu mir gesagt hat?«, fragt er.

»Jetzt beruhigt euch, verdammt«, zische ich. »Wir müssen einen klaren Kopf behalten.«

»Ja, klar!«, faucht mich Anarcho an, bleibt stehen und fuchtelt beim Weiterreden wild mit den Händen rum. »Wir werden gleich alle massakriert hier! Aber Hauptsache, wir bleiben immer schön ruhig dabei!«

»Anarcho, bitte …«, setze ich an.

Sally kommt mir zu Hilfe. Sie packt Anarcho am Arm und sieht ihn eindringlich an.

»Anarcho, er hat Recht. Wenn wir anfangen durchzudrehen, können wir gleich einpacken.«

Anarcho überlegt mit offenem Mund und nickt dann einsichtig.

»Hm«, macht Einstein.

»Kann mir mal wer helfen, den aufzumachen?«, kommt Natters Stimme aus der Ecke.

Er sitzt vor dem Weinregal auf dem Hosenboden, den Rücken an die Wand gelehnt, hält eine Flasche Zwetschgenwasser hoch und sieht uns flehend an.

»Wir sollten jetzt lieber nicht saufen«, sage ich.

»Aber ich brauch echt was gegen die scheiß Schmerzen«, flucht er verzweifelt und kämpft mit den Tränen.

Sally nimmt ihm die Flasche ab, schraubt den silbernen Aluverschluss auf und gibt sie ihm wieder. Er nickt dankbar und trinkt den Schnaps aus der Pulle als wäre es Wasser. Ich mochte Schnäpse noch nie, und mir wird schon vom Zusehen schlecht, aber wenn's ihm hilft. Mit einem erleichterten Seufzer lässt er vollkommen ermattet den Hinterkopf gegen die Wand sinken und schließt die Augen. Schweiß steht ihm auf der Stirn.

Sally setzt sich neben ihn und legt ihm tröstend die Hand aufs Knie. Als er das spürt, öffnet er kurz die Augen, rutscht ein Stück an der Wand runter und legt den Kopf auf ihre Schulter.

Anarcho rumort am Bierkasten.

»Wir sollten wirklich nichts saufen, wiederhole ich.

»Aber hier gibt's nichts ohne Alk«, knurrt er. »Und ich hab keinen Bock, zu verdursten.«

Auch mir klebt schon die Zunge am Gaumen. In den vergangenen Stunden haben wir praktisch nichts getrunken und nur kurz an den schmierigen Wassergläsern genippt, die der Riese uns gebracht hat. Außerdem kann das Bier uns bestimmt ein bisschen beruhigen.

Ich nicke.

»Aber macht langsam, Leute«, sage ich.

Anarcho reicht die Flaschen durch, es ist ein Landbier.

»Kleine Silvesterparty«, kommentiert er bitter.

Wir müssen schmunzeln. Auch Natter besteht auf einem Bier.

Einstein, Anarcho und ich setzen uns im Halbkreis um ihn und Sally auf den kalten Betonboden. Wir lassen die Bügelverschlüsse ploppen, stoßen klirrend an und nehmen einen ordentlichen Schluck. Alle atmen durch, versuchen die Gedanken zu ordnen. Die Blicke der anderen richten sich immer wieder auf mich. Ich spüre, wie sie auf mich fixiert sind. Einstein ist zwar der Klügste von uns, aber die Tatsache, dass ich quasi ein halber Polizist bin, ist für sie wie ein Hoffnungsschimmer. Ich fange an, mich wie der letzte Strohhalm zu fühlen, an den sich alle klammern.

Ich sehe auf meine Digitaluhr, die mir der Riese gelassen hat. Genau 23:00 Uhr.

»Meint ihr, die bringen uns echt um?«, fragt Einstein.

»Ich weiß es doch nicht«, sage ich. »Aber fünffacher Mord ist schon 'ne ziemlich große Nummer. Ob die das durchziehen?«

»Haben die nicht schon einen Bullen erschossen?«, brabbelt Natter matt.

»Haben die in den Nachrichten gesagt, dass er tot ist?«, wundert sich Anarcho.

Wir versuchen, uns zu erinnern.

»Wir haben ihre Gesichter gesehen«, gibt Sally zu bedenken. »Denen bleibt doch nichts anderes übrig, als uns auszuschalten, oder?«

Alle schlucken, und ich befürchte, dass sie wieder durchdrehen.

»Jetzt langsam!«, mahne ich. »Die können ihr Aussehen verändern. Außerdem sind sie nicht blöd. Sie haben noch keine Namen genannt, die wir der Polizei verraten könnten. Oder könnt ihr euch erinnern, wie einer von denen heißt?«

»Michael Müller?«, wundert sich Sally.

Ich erkläre die Sache mit dem vorgetäuschten Anruf, dass daher auch kein Krankenwagen kommen wird und der Name Michael Müller bestimmt Fantasie ist.

»Also haben die uns keine Namen verraten, oder?«, frage ich noch mal.

Sie überlegen und schütteln die Köpfe.

»Aber trotzdem: Diesem kleinen, blonden Drecksnazi trau ich alles zu«, sagt Anarcho. »Der killt doch aus Vergnügen.«

»Er hat vor allem ne große Klappe«, wiegele ich ab.

Einstein nickt.

Anarcho schiebt das Kinn vor und schnaubt trotzig, soweit es seine vom Blut verstopften Nasenlöcher zulassen.

»Jedenfalls, wenn einer von denen Sally was tun will, mach ich ihn kalt.«

»Wenn ich's vorher nicht selbst mache«, sagt Sally.

»Also gut«, sage ich. »Nur mal angenommen, es kommt wirklich hart auf hart, und die wollen uns erschießen. Dann können die hier nicht einfach die Treppe runterkommen und losballern und uns alle fünf ruckzuck umnieten. So schnell geht das nicht. Wenn's einen erwischt, können sich die anderen schon auf den Schützen stürzen. Das heißt, um wirklich sicher zu gehen und es sauber zu erledigen, müssten sie uns trennen und uns einzeln, der Reihe nach, na ja … versteht ihr?«

Sie nicken düster.

»Wir müssen also in jedem Fall zusammen bleiben, was auch passiert«, stelle ich fest.

Alle nicken.

»Ja, das ist gut. Zusammenbleiben ist gut«, sagt Einstein, holt seinen Zauberwürfel heraus und beginnt, daran herumzudrehen.

Meine Vermutung, dass auch Blondie eine Waffe haben könnte, verschweige ich noch. Ich sehe zu den beiden Öltanks bei der Treppe. Sie sind etwa schulterhoch und zwischen ihnen und der Wand mit dem Fensterchen ist eine Nische, in die zwei Personen hineinpassen könnten.

»Falls die runterkommen und mit der Knarre drohen, quetschen wir uns in die Ecke dahinten. Die werden sich's zweimal überlegen, bei den Öltanks rumzuballern.«

Die Idee findet allgemeine Zustimmung und wir trinken.

Anarcho fixiert nachdenklich das Fensterchen, hinter dessen Scheiben wir nur die Gitterstäbe, Schnee und einen schmalen Spalt dunkle Nacht erkennen können. Er steht auf und lugt durch den Spalt.

»Das geht zur Seite raus«, stellt er fest. »Also nicht nach vorne zur Wiese und zur Straße. Was meint ihr denn, wie weit es bis zu den nächsten Häusern ist?«

Wir zucken mit den Schultern.

»Worauf willst du hinaus?«, fragt Einstein.

Anarcho setzt sich wieder zu uns.

»Ich meine: Wie weit kann so ein Haus denn von anderen entfernt sein? Die haben hier doch Wasser und Strom«, überlegt er weiter. »Wenn wir das Gitter abkriegen, könnte Sally da vielleicht durchpassen, zum nächsten Haus laufen und die Bullen rufen.«

»Spinnst du?«, zischt Einstein. »Und wenn die merken dass sie weg ist? Deine Eier sind's ja nicht!«

»Dann schlag doch was Besseres vor, Streber!«

»Vergesst es«, beendet Sally den Streit. »Ich geh nicht von euch weg. Außerdem hab ich keine Lust, mich da draußen abknallen zu lassen.«

Sie legt langsam den Arm um Natter, streicht ihm zärtlich über den Kopf und küsst ihn auf die Wange.

Ich finde Anarchos Idee nicht einmal schlecht, will aber Sally zu nichts zwingen und sie schon gar nicht unnötig in Gefahr bringen. Außerdem hat auch Einstein Recht: Die Typen würden's wohl früher oder später merken und wir sollten sie lieber nicht provozieren.

»Überlegen wir doch mal, was die überhaupt vorhaben«, sage ich. »Die haben Banken überfallen und sind jetzt auf der Flucht. Aber warum müssen sie überhaupt davonlaufen? Sie waren doch maskiert und könnten einfach die Beute teilen und nach Hause gehen. Das machen sie aber nicht. Also schätze ich, die haben Angst, doch noch aufzufliegen. Aus irgendeinem Grund, vielleicht weil sie vorbestraft sind. Oder sie wollen einfach alles hinschmeißen und irgendwo neu anfangen. Das heißt, sie wollen auf jeden Fall weiter fliehen, um dann wo unterzutauchen, vielleicht im Ausland.«

»Ergibt Sinn«, sagt Einstein und schaut seinen Würfel an.

»Die wollen also möglichst bald von hier abhauen. Das ist ihnen am wichtigsten. Und solange wir ihnen dabei nicht im Weg stehen, sind wir denen eigentlich egal, versteht ihr?«, sage ich.

»Aber wenn die so viel Schiss vor den Bullen haben, dann werden sie uns doch erst recht abknallen, damit wir sie nicht verraten können!«, befürchtet Anarcho.

»Jetzt dreh nicht wieder durch«, bremse ich ihn. »Wir werden auf jeden Fall zusammenbleiben. Ich schau mal, ob ich was hören kann.«

Ich stehe auf und schleiche langsam die Treppe hoch.

»Pass bloß auf«, flüstert Einstein.

Auf der obersten Stufe knie ich mich vors Schlüsselloch, ziehe mein Stirnband ab und lausche.

10 Tischgespräch

Ich kann die Stimmen der Kerle gut verstehen, es klingt, als ob sie wieder am Esstisch sitzen.

»Das ist doch Schwachsinn«, höre ich den Großen sagen. »Wenn wir jetzt im nächsten Kaff ein Auto klauen, wirbeln wir nur unnötig Staub auf. Heute ist Silvester. Da schläft kein Mensch und irgendein Suffkopf ruft sofort die Bullen. Abgesehen davon, dass uns ein Auto jetzt gar nichts nützt, weil wir bei den eisigen Straßen sowieso nicht fahren können.«

»Dann mach doch 'nen besseren Vorschlag«, meckert Blondie.

Irgendwer rülpst.

»Wir lassen uns von Karin abholen, in ein paar Stunden, wenn das Eis weg ist. Bis dahin sind wir hier sicher und saufen in alle Ruhe unser Neujahrsbier. Es ist eh nicht mehr allzu weit bis Bamberg. Also ist Karin nachher ruckzuck hier, lädt uns einfach ein, und es geht weiter, ab in den Süden, wie geplant.«

»Weiß die, wo sie hinfahren muss?«

»Ich weiß noch, wie das letzte Kaff hieß, wo wir durchgefahren sind. Die wird uns gleich finden.«

Blondie und der Riese brabbeln Zustimmung. Ein Stuhl wird knarrend verschoben und Schritte bewegen sich zum Telefon. Ich kann sogar die Wählscheibe hören. Dann ist alles still. Plötzlich raunzt der Große los, dass mir vor Schreck fast die Bierflasche herunterfällt, aber ich kann sie gerade noch fangen.

»Wieso dauert das so lange? Du solltest dich doch zur Verfügung halten!«, schimpft der Große.

»Das ist mir verdammt noch mal scheißegal, ich muss mich auf dich verlassen können!«

»Hm, na meinetwegen.« Er klingt ruhiger, fast schon zärtlich und erzählt von dem Autounfall, den sie hatten und von dem Ferienhaus.

»Hör zu. In ein paar Stunden musst du uns hier abholen, also sauf nicht so viel. Habt ihr das Radio an?«

»Gut. Achte auf den Wetterbericht. Und jetzt schnapp dir was zum Schreiben. Ich gebe dir erstmal unsere Nummer hier.«

Er gibt ihr die Nummer durch, die er wohl von der Wählscheibe des Geräts abliest. Jetzt sagt er ihr gleich, wo sie hinfahren muss.

Ich platze vor Neugier und lausche gespannt. Mich trifft fast der Schlag, als plötzlich wieder ein Stuhl verschoben wird und die Schritte des Riesen sich mir so donnernd nähern, dass das ganze Haus zu vibrieren scheint. Ein Schlüsselbund klirrt im Rhythmus der Schritte.

Ich fahre hoch, husche die Treppe runter und stelle mich in die Ecke vor die Bierkästen. Die anderen springen hoch, starren gebannt nach oben zur Tür und lauschen. Natter blinzelt, benommen vom Schnaps.

Für ein paar Sekunden ist alles still. Dann hören wir den Riesen wie ein Nashorn pinkeln, die Klospülung geht und die Schritte donnern vor unsere Kellertür, halten inne. Alles ist still. Plötzlich schlägt etwas, wahrscheinlich die Faust des Riesen, gegen die Tür, dass uns allen vor Schreck fast das Herz stehen bleibt.

»Buh!«, hören wir von draußen, dann »Hähä!«, und die Schritte entfernen sich wieder.

Wir atmen auf. Sally nimmt einen großen Schluck Bier aus ihrer Flasche.

»Der hat sich danach nicht die Hände gewaschen«, stellt sie mit zitternder Stimme fest.

Alle kichern und überspielen ihre Angst.

Ich stelle meine Flasche auf den Boden und schleiche wieder die Treppe hoch.

»Jetzt bleib doch mal hier und erzähl«, zischt Einstein.

Ich bringe ihn mit erhobener Hand zum Schweigen und knie mich wieder vors Schlüsselloch.

»Alles klar, und bau bloß keinen Mist«, höre ich den Großen noch sagen, dann legt er auf und geht zurück an den Tisch.

»Und was machen wir nun mit denen?«, fragt Blondie. »Nieten wir sie jetzt um, oder was?«

Ein Bügelverschluss ploppt und eine Chipstüte raschelt.

»Was soll das bringen?«

»Sie können nicht mehr quatschen.«

»Ist doch scheißegal. Unsere Namen kennen die nicht und unser Aussehen wollten wir sowieso verändern.«

»Aber die rufen doch die Bullen!«

»Ts! Was soll's? Das Telefon machen wir kaputt. Und bis die da unten rauskommen und sich zum nächsten Kaff schleppen, sind wir doch schon längst über alle Berge.«

»Trotzdem. Sicherer wär's. Und nach der Sache mit dem Bullen kommt es eh nicht mehr drauf an.«

»Das werden die vor Gericht aber anders sehen, falls es hart auf hart kommt.«

»Muss doch niemand erfahren. Wir verbuddeln sie einfach da hinten im Wald.«

»Bei der gefrorenen Erde? Da buddelst du ja in drei Jahren noch.«

»Lass das nur meine Sorge sein.«

»Außerdem hört man das meilenweit, wenn du hier rumballerst.«

»Interessiert an Silvester keine Sau. Da kracht's doch überall.«

Der Große schnaubt verächtlich.

»Hast du Schiss?«, fragt Blondie. »Ich hab doch schon gesagt, ich mach's.«

»Wenn du noch mal sagst, dass ich Schiss habe, brech ich dir das Genick«, kommt es trocken zurück. »Aber wir sitzen nun mal im selben Boot und hängen alle mit drin, und falls die dich schnappen, bist du doch der erste, der alles auf uns schiebt, um seinen kleinen Arsch zu retten.«

«Brauchst du ein paar auf's Maul, hä?«, geifert Blondie.

Ein Stuhl kratzt über den Boden und fällt polternd um.

«Brauchst du ein paar auf's Maul, hä?«, faucht er noch mal.

»Seht euch das mal an!«, donnert die Stimme des Riesen plötzlich dazwischen. »Der eine von denen ist ein Bulle!«

Er muss meinen Dienstausweis in meinem Geldbeutel gefunden haben.

»Zeig mal«, sagt der Große. »Das gibt's doch gar nicht.«

»Da hast du's!«, schreit Blondie. »Wir müssen

die kaltmachen und den kleinen Scheiß-Bullen zuerst!«

Meine Freunde hören das Schreien und sehen mich fragend an. Ich schlucke und halte die Hand hoch, bange Sekunden verstreichen.

»Jetzt mach langsam!«, bremst der Große.

»Dem seine Fresse konnte ich von Anfang an nicht leiden!«

»Jetzt mach langsam!«, hebt der Große an.

»Scheiß drauf!«, geifert Blondie. »Ich knall den ab. Du weißt doch, was die Scheiß-Bullen getan haben!«

Ich stutze. Was meint er?

»Jetzt fang nicht wieder mit dem alten Scheiß an! Das stimmt doch alles gar nicht!«

»Klar stimmt's! Ich mach ihn alle!«

»Jetzt hör auf!«, faucht der Große und redet dann ruhig weiter. »Der Bulle ist doch zufällig hier und hat genau so viel Schiss wie seine schwulen Kumpels. Und ein Bullenmord wiegt immer besonders schwer. Noch dazu an so einem Jungen wie dem. Der hat doch noch nicht mal Haare am Sack.«

Der Stuhl wird wieder aufgestellt. Das Holz ächzt, als sich jemand hinsetzt.

»Fuck!«, zischt Blondie und haut auf den Tisch.

Wieder ist alles ruhig. Dann werden leere Bierflaschen lautstark im Kasten versenkt und neue herausgeholt. Bügelverschlüsse ploppen, gurgelnde Trinkgeräusche, Rülpser, ein brummender Furz.

»Du alte Sau!«, motzt Blondie.

»Hähä«, macht der Riese.

Einer steht auf, geht zum Regal und schaltet

das Radio ein, wahrscheinlich der Große. Es läuft gerade *All Through The Night* von Cyndi Lauper. Dann setzt er sich wieder.

»Schafkopf?«, fragt der Große.

»Einen Dreier?«, brummt der Riese.

»Kommt schon«, drängt der Große.

»Aber einen richtig Scharfen um Scheine«, fordert Blondie. »Kohle haben wir ja genug, hähä.«

»Klar«, sagt der Große.

Es rumpelt. Irgendwer mischt Karten – Natters Karten.

»Aber eins sag ich dir«, sagt Blondie. »Bei der geringsten Scheiße sind die fällig. Mir egal, was du sagst.«

»Heb ab«, sagt der Große.

Ich lausche dem Spiel. Fäuste hauen auf den Tisch, Flüche, Kommentare, Sprüche, die üblichen Ansagen: Wenz, Geier, Kontra, Re und so weiter. Aber nichts, was für uns von Interesse wäre.

Die anderen winken ungeduldig und ich schleiche zu ihnen. Wir setzen uns wieder auf den Boden.

»Und?«, fragt Einstein.

Ich erzähle ihnen alles.

»Das heißt, im Moment sieht es nicht so aus, als ob sie ernst machen«, versuche ich ihnen Mut zu machen.

»Ja, im Moment!«, betont Anarcho sarkastisch.

»Verdammt, was willst du denn hören?«, raunze ich ihn an.

»Okay, schon gut«, lenkt er ein und hält sein Bier in die Mitte.

Wir stoßen an.

»Wenn's gut läuft, kommt also in ein paar Stunden diese Karin vorbei, und die hauen alle ab«, nehme ich den Faden wieder auf.

»Lalala«, macht Einstein, hält sich die Ohren zu und wiegt den Oberkörper vor und zurück. »Ich kenne gar keine Karin«, singt er leise vor sich hin. »Hab nichts gehört. Kein Grund, mir die Eier abzuschießen.«

»Dann ist der ganze Spuk vorbei«, rede ich weiter. »Dann können wir hier raus und Hilfe holen. Wir müssen nur noch sehen, wie wir die Kellertür aufkriegen.«

»Oder Sally krabbelt zum Fenster raus, falls wir es schaffen, das Gitter abzunehmen«, sagt Anarcho.

Sally schielt zum Fensterchen und rümpft skeptisch die Nase.

»Ich glaub echt nicht, dass ich da durch passe«, zweifelt sie. »Außerdem haben wir was vergessen.«

11 Die schönsten Pop-Stars

Wenn wir hier erst in ein paar Stunden wegkommen, ist das doch voll übel für Natter«, erklärt Sally. »Der braucht ganz dringend Hilfe. Und du mit deiner Nase auch.«

Sie sieht zu Anarcho.

»Hast ja Recht«, sagt Einstein, der uns wieder zuhört. »Aber vorher können wir nun mal nichts machen. Wir können uns doch nicht mit denen anlegen. Das wäre absoluter Wahnsinn. Stimmt's Schreiber?«

Ich nicke.

Natter stöhnt auf vor Schmerzen. Er sitzt mit dem Rücken an der Wand, den Kopf dagegen gelehnt und hört nur zu. Dabei fallen ihm immer wieder die Augen zu. Neben ihm stehen die Schnaps- und die Bierflasche, beide hat er schon halb geleert.

»Vielleicht sollten wir versuchen, seinen Arm zu richten«, schlägt Einstein vor.

»Soll man nicht machen, auf keinen Fall«, sage ich, frage mich aber insgeheim auch, wie lange man den Arm noch so lassen kann.

»Das kann eh keiner von uns, oder?«, mutmaßt Sally.

Einstein zieht sein Stirnband ab und steckt es weg. Er streicht sich über den Seitenscheitel, nimmt die Hornbrille ab und beginnt sie an seinem Karomuster-Pullunder zu putzen.

»Na ja, ich hab ein paar Mal im Fernsehen gesehen, wie's gemacht wird«, sagt er. »Zuerst ertastet man den Bruch. Dann zieht man mit einem

Ruck daran und versucht, die Knochen wieder in die richtige Position zu bringen. Dann bindet man ein Brett an den Bruch – oder so.«

Er hält die Brille mit zusammengekniffenen Augen gegen das Neonlicht und setzt sie wieder auf.

»Ts«, macht Anarcho verächtlich. »Wo willst du das denn gesehen haben? In Rambo?«

»Ist doch scheißegal, aber klingt doch logisch, oder?«

»Tut's dann nicht mehr so weh?«, brabbelt Natter schwach.

»Äh na ja, also beim Richten schreien die im Film immer wie am Spieß, manchmal werden sie auch vor Schmerzen ohnmächtig, aber hinterher geht's ihnen immer besser.«

»Klasse, Einstein – ganz klasse. So genau wollten wir das gar nicht wissen«, zische ich ihn an.

»Wir machen's«, sagt Natter.

»Hä?« Ich kann es nicht glauben.

»Einstein soll's machen«, wiederholt Natter. »Ihr helft ihm.«

»Äh, Moment mal …«, beginnt Einstein zaghaft.

»Scheiß drauf. Mach's einfach«, fordert Natter, der schon deutlich lallt.

Hilflos schauen wir uns gegenseitig an.

Anarcho zuckt die Schultern.

»Na ja, wenn er's doch will. Viel schlimmer werden wir's schon nicht machen können, oder?«

Während wir noch überlegen, rutscht Natter von der Wand weg und versucht ächzend, sich mit der heilen Hand die Schlinge abzunehmen. Dabei wirft er klirrend sein Zwetschgenwasser um, das Sally schnell wieder aufstellt.

»Langsam, langsam«, ermahnt sie ihn, geht auf die Knie und hilft ihm.

»Glotzt nicht so blöd! Was sollen wir denn machen?«, verteidigt sie sich, als sie unsere verständnislosen Blicke bemerkt. »Er lässt ja sowieso nicht locker, also packt lieber gleich mit an.«

Sie hat Recht. Ich bin zwar nach wie vor entschieden gegen den Eingriff, aber Rumstreiten bringt nichts mehr. Gemeinsam befreien wir Natter von der Schlinge und ziehen ihm die Jeansjacke aus. Er steht's tapfer durch und zieht immer wieder vor Schmerzen Luft durch die Zähne. Seinen Schal und den dicken Wollpulli behält er an. Ich werfe die Jeansjacke auf den Bierkasten in der Ecke. Natter rutscht wieder gegen die Wand und schiebt sich zitternd den Ärmel zurück. Er fasst mit der rechten Hand den linken Ellbogen und hält den gebrochenen Unterarm brav in die Höhe.

Im Halbkreis kauern wir um ihn.

Einstein schaut auf seine Finger, die stark zittern. Er nimmt einen großen Schluck Bier, stellt die Flasche beiseite und atmet tief durch.

»Also gut«, sagt er und nickt entschlossen. »Aber ich kann für nichts garantieren.«

»Moment noch«, bremse ich ihn und beuge mich zu Natter vor. »Du darfst hier auf keinen Fall rumschreien. Wegen denen da oben.«

Ich deute zur Decke.

»Im Film beißen die immer wo drauf«, sagt Einstein.

Ich halte Natter fragend den Knoten der Armschlinge unter die Nase und er nickt schwach.

Einstein mustert die gebrochene Stelle gleich

hinter dem Handgelenk. Sie ist so geschwollen, dass Natters drahtiger Arm hier aussieht wie der Körper einer fetten Riesenschlange.

»Schätze, das mit dem Bruch ertasten schenken wir uns«, sagt Einstein und räuspert sich. »Okay, Natter. Trink noch mal 'nen ordentlichen Schluck. Und jetzt schon mal: Entschuldigung.«

Sally reicht Natter das Zwetschgenwasser, und er zieht sich noch 'ne gehörige Dosis rein. Er gibt die Flasche zurück, setzt sich gerade auf, presst seinen Rücken steif gegen die Wand und sieht mich an. Ich stopfe ihm den Knoten in den Mund und halte dann seine Beine fest, die er brav ausstreckt. Einstein nickt Sally und Anarcho zu.

»Nehmt seine Schultern.«

Sie drücken Natters Schultern gegen die Wand. Einstein greift Natters linken Oberarm, nimmt die abgeknickte Hand und setzt zwei- dreimal an, bis er meint, sie gut im Griff zu haben. Natter verzieht schon jetzt vor Schmerzen das Gesicht, Schweißperlen stehen ihm auf der Stirn.

»Also gut, Kumpel. Auf Drei, okay?«

Natter nickt, Sally, Anarcho und ich festigen unsere Griffe.

Einstein beginnt zu zählen:

»Eins ...«

Mit einem Ruck zieht er an Natters Hand.

Natters ganzer Körper verkrampft sich, wie unter Stromschlägen. Er beißt in den Knoten und schafft es, nicht vor Schmerzen loszubrüllen. Einstein kippt Natters Hand in die seiner Meinung nach korrekte Position und lässt sie wieder los. Natters Körper entspannt sich, sein Kopf sinkt nach vorne und die Armschlinge fällt ihm aus dem Mund in den Schoß. Wir lassen ihn los.

Er legt die gebrochene Hand wimmernd auf die Schlinge und verpasst Einstein blitzschnell und ohne aufzusehen mit der rechten Hand eine schallende Ohrfeige.

»Auf Drei, hä?« knurrt er und sagt dann matt: »Danke. Echt. Danke.«

»Äh – bitte«, erwidert Einstein, rutscht sich die Brille gerade, reibt sich die Wange und glotzt uns ungläubig an.

Plötzlich richtet Natter sich auf, packt mich wirsch am Schal, zieht mich zu sich und küsst mich schmatzend auf den Mund. Er hat eine so abscheuliche Fahne, dass ich fast würgen muss. Dann hält er mich weiter am Kragen fest und sieht mich aus seinen glasigen blauen Augen eindringlich an.

»Annie Lennox«, lallt er leise, lässt mich wieder los und sinkt langsam zurück an die Wand, wo er mit einem tiefen Seufzer die Augen schließt.

Wir sitzen da, schauen auf seinen Arm und versuchen zu erkennen, ob Einsteins Operation erfolgreich war.

»Sieht richtig gut aus«, sagt Anarcho. »Bist ein Genie, Einstein.«

»Äh, jetzt müssen wir was dranbinden, um's zu fixieren«, sagt Einstein. »Hat wer ein Brett?«

Er grinst uns verlegen an.

»Okay. Bist kein Genie«, knurrt Anarcho.

Wir sehen uns um und finden im Weinregal eine kleine Holzkiste, die wir mit ein paar gezielten Tritten zerlegen. Natter, der noch halb wach ist, hält still, als Sally mit unserer Hilfe eine

Armschiene aus zwei Brettchen und ihrem Palästinenserschal improvisiert. Sie legt ihm die alte Armschlinge an, und zum Schluss legen wir ihm seine Jeansjacke über die Schultern. Natter brummt dankbar und nickt erschöpft an Sallys Schulter ein. Wir sitzen da und trinken erleichtert einen Schluck Bier. Alle sind noch bei ihrer ersten Flasche. Jeder will klar sein, falls es Stress mit unseren speziellen Freunden gibt. Von oben hören wir nur leise die typischen Geräusche des Kartenspiels, alles harmlos, nichts Auffälliges.

»Der hat dich voll auf den Mund geküsst«, sagt Einstein irgendwann.

»Wenn er's noch mal macht, kriegt er eine gescheuert, egal ob er verletzt ist«, kündige ich trocken an.

Anarcho sieht den schlafenden Natter nachdenklich an.

»Annie Lennox?«, wundert er sich.

Wir überlegen. Einstein dämmert es zuerst.

»Na klar«, sagt er. »Als wir herliefen hat Schreiber doch gefragt, wen wir am geilsten finden. Das war Natters Antwort: Annie Lennox.«

»Hm. Wer waren doch gleich die anderen Girls?«, fragt Anarcho.

Sally, die den Arm um den schlafenden Natter gelegt hat, verdreht stöhnend die Augen. Aber sie ist wohl dankbar für jede Ablenkung und lässt uns gewähren.

»Madonna und Samantha Fox«, erinnere ich Anarcho.

»Aber wieso ausgerechnet diese drei? Nehmen wir doch noch ein paar dazu. Das macht's doch viel interessanter.«

»Meinetwegen, aber nur Popstars – keine Schauspielerinnen.«

Wir überlegen und stellen fest, dass es eigentlich gar nicht so viele weibliche Popstars gibt. Dann packen wir aber doch noch Pat Benatar, Cyndi Lauper, Whitney Houston, Katrina von Katrina and the Waves und Nena mit drauf.

Einstein schnippt mit dem Finger wie Newton, dem gerade der Apfel auf den Kopf gefallen ist.

»Ich hab's«, jubelt er. »Kim Wilde!«

Anarchos Miene hellt auf. Auch ich finde den Vorschlag gut. Immer noch lächelnd sieht Anarcho zu Sally, doch als sich ihre Blicke treffen, fallen seine Mundwinkel runter.

»Was guckst du mich denn so komisch an?«

»Deine Nase«, sagt Sally. »Sie ist vorne so schief.«

»Ach so, meine Nase.«

Sally schielt zu Einstein.

»Nun ja. Übung hab ich ja jetzt schon ein bisschen«, sagt der, stellt die Bierflasche ab, verschränkt die Finger und überstreckt sie mit einem lauten Knacken.

»Ach nö, lasst mal«, winkt Anarcho ab.

»Komm schon«, drängt Sally.

»Nönö, schon gut, echt nicht nötig.«

»Anarcho, wenn das so zusammenwächst …«

Sally stockt, weil von oben plötzlich lautes Geschrei herunter dringt.

»Scheiße«, flüstert sie.

Ich husche hoch zur Tür und lausche.

12 Kellerkampf

Ich hätte ebenso gut unten bei meinen Freunden bleiben können, denn die Typen brüllen so laut, dass man es im ganzen Haus hören kann. Sie klingen schon ganz schön besoffen.

»Ihr lasst die Scheiße bleiben, verflucht noch mal!«, donnert der Große.

»Jetzt piss dich hier nicht so auf! Ich will jetzt verdammt noch mal ficken!«, keift Blondie.

Mir bleibt das Herz stehen, und ich schiele sofort in die Ecke zu Sally, die erschrocken Luft holt. Schon jetzt dreht's mir vor Angst und Abscheu den Magen um, aber es kommt sogar noch dicker.

»Jetzt lass uns einfach ein bisschen rammeln und fertig. Ich bin voll geil, und außerdem hab ich mit der kleinen Schlampe sowieso noch 'ne Rechnung offen!«, drängt der Riese.

Die wollen sich tatsächlich beide an Sally vergreifen! Diese Typen! An unserer Sally! Die Bilder, die zwangsläufig in meinem Kopf aufblitzen, sind so unerträglich, dass ich sie sofort wieder verdränge, wild entschlossen, sie nie Realität werden zu lassen.

»Was soll der Quatsch, hä?«, hält der Große weiter dagegen. »Demnächst könnt ihr doch vögeln, so viel ihr wollt!«

»Scheißegal! Ich hab jetzt Bock! Und überhaupt: Kann dir doch wurscht sein, wen wir ficken!«, raunzt Blondie.

»Jetzt stell dich nicht so an!«, drängt der Riese wieder.

Sekunden verstreichen.

»Gönnst es uns wohl nicht, hä?«, provoziert Blondie.

Ich halte die Luft an und bete, dass der Große sich durchsetzt. Der will doch bestimmt nicht seine Rolle als Leitwolf aufs Spiel setzen, indem er nachgibt. Doch zu meinem blanken Entsetzen kommt es ganz anders. Weil er gleich das ganze Rudel gegen sich hat, entscheidet er wohl, sich aus der Affäre zu ziehen, indem er den Großmütigen spielt.

»Aber wehe, ihr baut Mist!«, knurrt er.

»Hähä«, macht Blondie.

Ihre Schritte nähern sich.

Ich hetze die Treppe runter, während die anderen unten schon aufspringen und Natter hochziehen. Er ist noch nicht ganz bei sich und blinzelt verwundert umher.

»Augen zu!« brülle ich, packe meine Bierflasche am Hals und zerschmettere sie auf einer der Stufen. Scherben fliegen, das restliche Bier spritzt überall herum.

Anarcho und Einstein machen es mir sofort nach. Sally zieht Natter an der Hand hinter sich her und quetscht sich mit ihm in die Nische zwischen der Wand und den Öltanks.

Oben nähern sich die Schritte.

Bewaffnet mit drei Flaschenhälsen, von denen ein paar scharfe, zackige Scherben abstehen, drängen Anarcho, Einstein und ich uns vor die Nische.

Oben wird der Schlüssel ins Schloss gesteckt und rumgedreht.

»Zusammenbleiben! Zusammenbleiben!«, erinnert uns Einstein hektisch und mit zitternder Stimme.

Wir schielen nach oben auf das Stück Wand vor dem Treppenaufgang und hören, wie die Tür aufgezogen wird.

Der Große kommt mit gezückter Knarre herunter, hält auf der Treppenmitte inne und schaut uns prüfend an.

Im Hintergrund hören wir leise das Radio. Der Moderator der großen Silvester-Party kündigt gerade gut gelaunt *Wild Boys* von *Duran Duran* an und schon ertönen die ersten hämmernden Takte des Liedes.

Wild boys!
Wild boys!

Die Waffe auf uns gerichtet, kommt der Große langsam die Stufen runter und tritt dabei knirschend auf Glassplitter. Die anderen beiden folgen ihm, Blondie zuerst. Auch er hat jetzt eine Waffe in der Hand, die er die ganze Zeit auf meine Brust richtet. Die Drei bauen sich vor uns auf. Blondie und der Riese grinsen hämisch.

Wild boys fallen far from glory,
Reckless and so hungered …

»Du!«, sagt der Große scharf und zeigt mit der Knarre auf Sally. »Komm her!«

Sally krallt sich an Natters heilem Arm fest und starrt die Männer trotzig an. Wir anderen drängen uns vor der Nische und halten drohend die Flaschenhälse hoch.

»Jetzt komm her!«, bellt der Große.

Wir fahren zusammen, aber keiner rührt sich von der Stelle. Der Große senkt die Knarre und zielt zwischen Einsteins Beine.

Einsteins ganzer Körper verkrampft sich angstvoll. Er legt sich eine Hand in den Schritt, dreht sich mit dem Unterkörper ab, weicht mir aber nicht von der Seite. Mit der anderen Hand hält er weiter seinen Flaschenhals hoch.

Because there's murder by the roadside
In a sore afraid new world …

Der Große schielt auf den Tank hinter Einstein und überlegt.

»Peng!«, schreit er dann plötzlich und lacht auf, als wir zusammenfahren. Er lässt kurz die Waffe sinken und zielt dann ruckartig auf Anarchos Kopf.

»Jetzt komm her!«, faucht er Sally zu, den Blick fest auf Anarcho gerichtet.

Der schaut ihm stur in die Augen, Sally bleibt wo sie ist.

They tried to break us,
Looks like they'll try again …

»Jetzt komm endlich er, du alte Fotze!«, plärrt Blondie, seine Hand krampft sich um seine Knarre.

Der Riese hat bis jetzt nur dagestanden, sich manchmal die schmalen Lippen geleckt und immer wieder zu Sally geschielt.

»Du kommst jetzt her!«, donnert er plötzlich, tritt resolut nach vorne in die Schusslinie und will sich Sally einfach über unsere Köpfe hinweg schnappen.

Wild boys!

Es entsteht ein wüstes Gerangel zwischen Einstein, Anarcho, mir und dem Riesen, in dem wir immer wieder mit unseren Flaschenhälsen nach ihm stoßen. Wir treffen ihn an Armen und Oberkörper, doch er scheint es durch die dicke Kleidung gar nicht zu spüren. Seine Hände, groß wie Bratpfannen, sind überall gleichzeitig. Er schlägt mit den Fäusten und versucht, uns zu greifen und von der Nische wegzuziehen. Mit der Linken fasst er in Einsteins Gesicht und schlägt dessen Kopf gegen den Tank. Einstein lässt den Flaschenhals fallen, fängt sich aber sofort wieder und schlägt und tritt zurück wie ein Verrückter. Anarcho fängt sich einen linken Haken ein und bekommt einen Ellbogen gegen den Oberkörper gerammt. Keuchend hält er weiter dagegen und reißt dem Riesen mit seinem Flaschenhals die Daunenjacke auf. Ich habe meine Waffe längst fallen lassen und versuche mich auf das zu besinnen, was mir beigebracht wurde. Ich bekomme das Monstrum am Arm zu fassen und will einen schulmäßigen Hebel ansetzen. Aber er ist zu stark, verpasst mir einen Fausthieb aufs Auge und packt mich mit beiden Händen am Jackenkragen. Mit einem Ruck reißt er mich aus der Ecke. Ich stolpere über irgendein Bein und lande zwischen Scherben und Bierpfützen vor den Füßen der beiden anderen.

Der Große und Blondie treten zurück und zielen auf mich. Ich rapple mich schnell hoch und stürze mich wieder auf den Riesen.

»Bleib stehen!«, keift Blondie hinter mir, aber wenn er jetzt schießt, wird er auch den Riesen treffen. Der hat Sally inzwischen bei den Haaren erwischt und versucht, sie zu sich zu ziehen. Sie kreischt wie eine Furie, krallt sich mit einer Hand weiter an Natter fest und gräbt die Fingernägel der anderen in die Faust des Riesen.

Einstein und Anarcho sind zwischen ihr und dem Riesen eingeklemmt. Einstein, den der Riese mit der anderen Hand bei der Gurgel hält, versucht röchelnd, ihn wegzuschieben. Ich verpasse dem Fleischberg einige Fausthiebe in die Nieren und packe den Arm, der Einstein hält. Der Riese röhrt wütend auf, lässt Sally los, rammt mir den Ellbogen in die Brust und seine Faust in Anarchos Bauch. Stöhnend geht der in die Knie, auch mir entweicht sämtliche Luft. Ich torkle rückwärts, trete auf irgendwas, knicke um und falle seitlich zu Boden. Sofort versuche ich, wieder aufzustehen und rapple mich an der Wand hoch. Mein Brustkasten ist wie zusammengeschnürt, und ich kann kaum atmen. Für einen Moment tanzen lila Punkte vor meinen Augen, und alles um mich herum scheint sich in Zeitlupe abzuspielen.

»Bleib stehen!«, höre ich wie aus der Ferne die Stimme von Blondie.

Dann kracht ohrenbetäubend ein Schuss. Mir klingeln die Ohren. Ich halte sie mir zu, torkle seitwärts die Wand entlang. Anarcho, erhebt sich und will den Riesen wieder angehen. Der schubst ihn und Einstein weg, macht ein paar Schritte rückwärts und bleibt keuchend, mit geballten Fäusten neben den beiden anderen stehen.

Ich dränge mich wieder neben Anarcho, der jetzt die Mitte unserer Dreiermauer bildet.

Alles ist still. Bis auf Duran Duran:

Wild boys never lose it …

Trotzig schauen wir die Männer an.

Wild boys never chose this way …

Blondie hebt langsam die Waffe, schließt ein Auge und zielt genau auf meine Stirn. Mit einer Mischung aus Trotz und Wut kneift er seinen Mund zu einem schmalen Schlitz zusammen.

Wild boys never close your eyes …

In dem Augenblick wird mir klar, dass er es jetzt durchziehen will: Er will mich erschießen, mich, den kleinen Scheißbullen. Mein Leben hängt an seinem Zeigefinger. Wie gelähmt stehe ich da und sehe Blondie nur an.

Wild boys always shine!

»Hör jetzt auf«, sagt der Große erstaunlich cool. »Die haben genug.«

Blondie verzieht keine Miene.

»Ist Schwachsinn, hier bei den Tanks rumzuballern«, sagt der Große.

»Peng!«, kreischt Blondie plötzlich, wie vorher schon der Große, und reißt dabei beide Augen auf. Als ich zusammenzucke, grinst er zufrieden und lässt die Knarre langsam sinken.

»Gehen wir hoch und spielen weiter«, sagt der Große. »Die Alte ist doch eh voll hässlich.«

Blondie kichert.

»Genau! Da krieg ich ihn doch gar nicht hoch, bei so 'ner Kriegsdienstverweigerer-Schlampe«, säuselt er Sally zu und freut sich, als er noch immer die Angst in ihren Augen erkennt.

Der Riese fasst sich an den Hals, an dem Anarchos Finger Kratzer hinterlassen haben. Er mustert verwundert das Blut auf den Kuppen seiner Wurstfinger und sieht uns an. Dann kommt er drohend auf uns zu, gibt sich aber zufrieden, als er merkt, wie wir ängstlich zurückweichen. Er bleibt stehen.

»Bist eh 'ne hässliche Fotze«, grunzt er Sally an und spuckt vor uns auf den Boden.

Er stapft als erster die Stufen hoch, gefolgt von Blondie, der Große als Letzter.

Auf der Mitte der Treppe hält der Große noch mal an und zielt auf uns.

»Glaubt bloß nicht, dass ich euch nicht abknalle, wenn's drauf ankommt«, sagt er ruhig. »Habt ihr das kapiert? Wenn ihr's wirklich drauf anlegt, mach ich euch kalt.«

Wir nicken.

»Ich komme wieder«, verspricht er und verschwindet nach oben.

Wir bleiben in unserer Ecke bei den Tanks stehen und lauschen, wie abgesperrt wird und die Schritte sich zum vorderen Raum entfernen.

Plötzlich brüllt der Große los.

»Bist du bescheuert, hier rumzuballern? Willst du uns alle in die Luft jagen?«

»Ich lass mich von denen nicht verarschen, kapiert?«, kreischt Blondie. »Ich knall die jetzt ab!«

»Jetzt bleib hier, du Schwachkopf!«

»Du traust dich ja nicht, weil du Schiss hast!«

»Jetzt halt die Fresse! Ich richte da unten kein beschissenes Blutbad an, nur weil ihr geil seid, und schon gar nicht, wenn der eine ein Bulle ist! Geht das in deinen verdammten Schädel?«

»Ich lass mich von denen nicht verarschen!«, kreischt Blodie eigensinnig. »Und der Bulle gehört sowieso kalt gemacht! Du weißt doch …«

»Jetzt halt endlich die Schnauze!«

Es wird gerangelt. Ein Stuhl fällt um, und Bierflaschen klirren.

»Hältst du jetzt die Schnauze?«, schreit der

Große noch mal und knurrt dann etwas, dass wir nicht mehr verstehen können.

Dann brummt der Riese irgendetwas von »Scheiß drauf« und »weiter spielen«.

Es geht noch ein bisschen zwischen dem Großen und Blondie hin und her, aber es verliert an Schärfe.

Erst als es einigermaßen ruhig oben ist, trauen wir uns durchzuatmen und uns wieder zu rühren. Ich lehne mich mit dem Rücken gegen die Wand, versuche wieder Luft zu kriegen und schaue dabei die anderen an. Mir zittern noch immer die Knie.

Einstein, der mit dem Po am Tank lehnt, rückt sich die Brille zurecht. Er legt sich eine Hand an den Kehlkopf und hustet leise.

»Ist wer getroffen?«, flüstere ich.

»Du«, brabbelt Natter in der Nische.

13 Gruppenumarmung

Ich folge seinem Blick auf meinen linken Oberschenkel und merke erst jetzt, dass meine Hose zerrissen ist und Blut am Bein herunterläuft.

»Verdammt«, zische ich, als ich auch schon einen brennenden Schmerz spüre.

Ich verlagere mein Gewicht auf das rechte Bein, greife in das längliche Loch in der Hose und reiße sie weiter auf, so dass ich mir die Bescherung ansehen kann. Ich erkenne eine lange, stark blutende Schramme, allerdings kein Loch. Es muss ein Streifschuss sein – »nur« ein Streifschuss, wie sie in den Western immer sagen, aber es tut höllisch weh.

»Oh Fuck«, jammere ich, hinke zu den Stufen, wische mit dem Ärmel ein paar Scherben beiseite und lasse mich vorsichtig nieder. Ich hole mein Stirnband aus meiner Jackentasche und presse es auf die blutende Stelle. Dann nehme ich meinen Schal ab und halte ihn Einstein hin. Er nimmt ihn und bindet ihn mir fest um die Wunde.

»Danke«, sage ich schwach.

Natter und Anarcho kommen aus der Ecke geschlurft. Sie haben Sally zwischen sich genommen.

Sally sieht mich mit offenem Mund an und lässt dann ihren Blick über den von Scherben übersäten, nach Bier stinkenden Kellerboden schweifen. Sie schlägt die Hände vor's Gesicht, sinkt mitten im Raum langsam auf die Knie und beginnt jämmerlich zu schluchzen. Anarcho und Natter kauern sich neben sie und halten sie fest. Einstein und ich gesellen uns zu ihnen. In einer Gruppenumarmung verschmelzen wir zu einem Knäuel, Sally wimmernd in der Mitte.

»Ist okay«, tröste ich sie leise. »Ist alles okay.«

»Ich will heim«, jammert sie.

»Wir gehen bald heim«, brummt Anarcho väterlich und küsst sie aufs Haar.

So hocken wir eine Weile da. Die einzigen Geräusche sind Sallys leises Schniefen und die Stimmen der Männer, die nur schwach zu uns herunter dringen. Sie haben wohl ihr Kartenspiel wieder aufgenommen. Ab und zu lacht einer, das Radio läuft so leise, dass man die Musik nicht erkennen kann.

Plötzlich hören wir etwas, das so klingt wie Maiskörner, die in einem großen Kochtopf zu Popkorn explodieren.

»Was ist das denn?«, wundert sich Einstein.

Ich sehe auf meine Digitaluhr: 23:59 Uhr.

»Frühstarter«, sage ich. »Ist noch 'ne Minute bis Mitternacht.«

Wir stehen auf und drängen uns vors Fensterchen. Wie Häftlinge schauen wir durch die Scheibe mit den Spinnweben zwischen den Gitterstäben hindurch. Wir können nicht viel von draußen sehen, nur die dunklen Baumwipfel des angrenzenden Waldes, hinter denen der nächtliche Himmel rötlich zu glühen beginnt.

»He, frohes neues Jahr«, sage ich.

Wir umarmen uns der Reihe nach, Sally wird von jedem ordentlich gedrückt und auf die Wange geküsst.

Anarcho holt Bier und reicht die Flaschen durch. Wir lassen die Bügelverschlüsse ploppen und stoßen leise auf's neue Jahr an. Dann drängen wir uns wieder aneinander, stecken die Köpfe zusammen und schauen durch den kleinen Spalt über dem Schnee vor unserem Fensterchen.

Das Popkorn-Ploppen geht noch ein bisschen weiter. Vom eigentlichen Feuerwerk können wir nichts sehen, nur das rötliche Glühen über den Baumwipfeln. Aber das genügt uns. Es kommt von Menschen, normalen Menschen, netten Menschen, die gar nicht weit weg sind. Es ist fast so, als ob sie uns mit dem Feuerwerk ein Zeichen schicken, ein Zeichen, das uns daran erinnert, dass nicht die ganze Welt böse ist.

Irgendwann ist es vorbei, und wir setzen uns wieder auf den Boden.

»Und jetzt?«, fragt Einstein vorsichtig.

»Wir sitzen es aus, wie besprochen«, sage ich. »In ein paar Stunden hauen die hier ab.«

»Jetzt sind die richtig sauer, oder?« Anarcho schielt zur Treppe.

Ich überlege und lausche, ohne aufzustehen.

»Zumindest brüllen sie nicht mehr rum«, sage ich. »Vielleicht begnügen sie sich ja damit, dass sie uns ein bisschen aufgemischt haben. Und am wichtigsten ist für die doch nach wie vor, dass sie mit ihrer Beute hier abhauen.«

»Meint ihr, die kommen noch mal wieder?«, fragt Einstein.

»Ich weiß nicht«, antworte ich. »Vielleicht kurz bevor sie wegfahren, um zu kontrollieren, ob wir brav waren. Aber falls die vorher noch mal Stress machen, müssen wir's eben wie vorhin machen.« Ich deute mit der Nase zu den Tanks. »Hat doch gut geklappt, oder?«

Damit begnügen sich erst mal alle. Wir bleiben also sitzen und warten. Es ist so kalt und ungemütlich, dass uns die Zeit doppelt lange vorkommt. Natter und Einstein stellen ihre Schals als Sitzmatten zur Verfügung. An der einen Wand lehnt Sally zwischen Natter und Anarcho, an der gegenüberliegenden Einstein und ich. Einstein hat es noch am besten, weil er sich die Zeit mit seinem Zauberwürfel ein bisschen vertreiben kann.

»Du hast ein blaues Auge«, sagt Sally zu mir.

Ich hatte es vor lauter Schmerzen am Bein gar nicht bemerkt und halte die kalte Bierflasche dagegen.

»He, Einstein«, sagt Anarcho. »Jetzt wäre ein tragbares Telefon gut, hä?«

Anarcho zwinkert mir zu.

»Ha, ha«, macht Einstein gedehnt, hört auf, am Würfel zu drehen und hält ihn mir hin. »Willst du mal?«

»He, Vorsicht, Einstein. Vorsicht.«

Ich drohe ihm theatralisch mit der Faust, und wir kichern. Plötzlich wird er ernst.

»Ich muss dringend pinkeln«, sagt er.

»Fuck«, brummt Anarcho, der das Problem sofort erkannt hat: Niemals würde einer von uns an die Kellertür klopfen und die Typen fragen, ob er mal austreten darf. Das wäre keine gute Idee.

»Äh, ich auch«, sagt Natter und hebt die Hand wie in der Schule. Seit unserem Kampf mit dem

Riesen ist er zwar etwas klarer und hat die Finger vom Schnaps gelassen, aber man merkt ihm an, dass er noch einen in der Krone hat.

Ratlos schauen wir uns an. Sollen wir's uns die ganze Nacht verkneifen?

»Ich halt es echt nicht mehr aus!«, jammert Einstein.

Nach einigem Hin und Her entscheiden wir, die Nische bei den Öltanks für kleine Geschäfte zu benutzen. Einstein weiht sie plätschernd ein, gefolgt von Natter.

»Wenigstens stinkt es jetzt nicht mehr so nach Bier, weil's mehr nach Pisse stinkt«, sagt Anarcho, lacht zynisch auf und prostet uns zu.

Dabei fällt mir auf, dass seine Nase nicht mehr krumm aussieht, nur geschwollen.

»Ich glaub, der Riese hat deinen Zinken wieder gerade geboxt«, sage ich.

»Oh«, wundert er sich und tastet vorsichtig daran.

Wir sitzen weiter rum und gewöhnen uns dabei allmählich an die Geräusche, die von oben herabdringen. Stühlerücken, klirrende Bierflaschen, Stimmengemurmel, das Radio, das die Silvestermusik noch immer zu leise für unsere Ohren spielt. Alles wird zur Normalität. Nur wenn jemand aufs Klo geht, halten wir die Luft an, bereit aufzuspringen, wenn die Schritte doch zur Kellertür gehen.

Einstein hat den Würfel weggesteckt und nagt nachdenklich an der Unterlippe.

»Hm. Ich kann mich nicht zwischen Whitney Houston und Kim Wilde entscheiden«, sinniert er.

Sally verdreht die Augen.

»Lass uns doch«, sagt Anarcho, zieht sie an sich und küsst sie auf die Wange. »Dann vergeht die Zeit ein bisschen schneller.«

»Hä?«, macht Natter, und wir klären ihn über die tiefschürfende Diskussion auf, die er verpasst hat, als er weggetreten war: Wer war die geilste Sängerin?

»Also, ich hab Kim Wilde vorne«, sage ich.

Einstein schüttelt den Kopf.

»Nein«, sagt er. »Ich leg mich jetzt fest: Whitney Houston ist noch 'nen Tick geiler.«

Wir sehen zu Anarcho.

»Kim Wilde«, sagt er und schaut fragend zu Natter.

»Also, wenn ich ein Kerl wäre, würde mir Whitney Houston gefallen«, mischt Sally sich ein.

Wir staunen, zählen dann aber Sallys Antwort mit, so dass es jetzt unentschieden zwischen Whitney Houston und Kim Wilde steht. Die Blicke haften gespannt an Natter, dem Zünglein an der Waage.

»Annie Lennox«, wiederholt er.

Alle brummen unzufrieden.

Einstein wiegt den Kopf hin und her.

»Na ja, Annie Lennox ist schon auch geil«, stellt er fest. »Aber mit den kurzen roten Haaren und so. Ich meine: Die ist doch fast ein bisschen wie ein Kerl, oder?«

»Höhö«, macht Anarcho und schaut wieder zu Natter. »Bist wohl schwul, was?«

Natter nickt nur langsam vor sich hin.

»Hm«, macht er irgendwann. »Bin schwul.«

Einstein lacht ungläubig auf, verstummt aber

schlagartig als er merkt, dass Natter keine Miene verzieht.

Ich sehe Natter an und denke an all die Jahre, die ich ihn schon kenne, und daran, wie er mich vorhin plötzlich auf den Mund geküsst hat.

»Aha«, sagt Sally.

Anarcho räuspert sich.

»Tja ääh, cool«, sagt er. »Ist voll okay, wenn du schwul bist. Sagt keiner was dagegen. Schreiber hat auch nichts gegen Schwule, obwohl er ein Bulle ist. Gell, Schreiber?« Er sieht zu mir herüber. »Gell, Schreiber?«

»Spinnst du?«, motze ich und zeige ihm einen Vogel.

Natter lächelt müde.

»Weiß ich doch«, wiegelt er ab. »Was sollt ihr denn schon dagegen haben.«

»Eben«, sagt Sally. »Wieso hast du's uns denn nicht schon viel früher gesagt.«

Er zuckt mit den Schultern.

»Sagt man halt nicht so leicht.«

»Aber du darfst mich nicht mehr küssen, okay?«, warne ich und halte ihm mein Bier hin. Wir stoßen auf alle Schwulen an und haben ein neues Thema.

»Nix gegen dich«, sagt Anarcho. »Aber ich hab noch nicht viel Schwule kennengelernt und sie mir irgendwie anders vorgestellt.«

»Blödmann«, sagt Natter. »Soll ich vielleicht mit einem rosa Balletträckchen herumhüpfen und ›Heititei‹ machen?«

»Okay, war blöd«, gibt Anarcho zu.

Die Zeit vergeht wie im Flug, während wir über Schwule und Lesben plaudern. Natters

Hemmungen scheinen wie weggeblasen, doch er tut uns ganz schön leid, als er uns davon erzählt, wie er es nicht fertig bringt, mit seinen Eltern darüber zu reden.

Aber irgendwann ist auch dieses Thema erschöpft.

»Wenn wir wenigstens ein bisschen Musik hätten«, klagt Einstein.

Wie auf Kommando ertönt von oben ein lautes Schnarchen, das nach dem Riesen klingt. Es muss aus dem mittleren der drei Schlafräume kommen.

Wir sehen uns an, und es ist ein wenig wie in einem Märchen, in dem man sich einerseits vor dem Schnarchen des bösen Riesen gruselt aber andererseits froh ist, dass er wenigstens schläft.

»Was die anderen wohl gerade machen? Beim Krüger meine ich«, fragt Einstein.

»Na, was wohl?«, antwortet Anarcho. »Die trinken gepflegt ihr Bierchen und tanzen die Nacht durch.«

Zum x-ten Mal sehe auf meine Uhr: 2:40.

»Vielleicht sollten wir versuchen, ein wenig zu schlafen«, schlage ich vor.

»Keine Chance«, murmelt Anarcho. »Aber wir machen ein bisschen die Augen zu.«

Sally kuschelt sich an ihn, Natter an Sally.

Anarcho schmunzelt mit geschlossenen Augen.

»Jaja, der gute alte Krüger. Doof wie Brot, aber stinkreiche Eltern«, sagt er matt und muss plötzlich glucksen. »He, Leute! Wisst ihr noch im Schulzeltlager, als wir ihn hinter einem Baum beim wi…«

»Ruhig jetzt«, quengelt Sally und knufft ihn.

Rhythmisch dringt das Schnarchen von oben herab und lullt uns ein.

»He, Schreiber«, flüstert Einstein.

»Hm?«

»Der Nazi wollte dich echt erschießen, oder?«

»Hm«, sage ich und nicke.

Wir stoßen an und trinken.

»Soso. Whitney Houston, was?«, sage ich dann.

»Hm«, macht er.

»Cause tonight is the night«, fange ich in meiner mädchenhaften Kopfstimme leise zu singen an und Einstein stimmt sofort mit ein.

»That I'm feeling alright …«

Sally, Natter und Anarcho lächeln ohne die Augen zu öffnen. Sally summt die Melodie leise mit.

»We'll be making love the whole night through,
So, I'm saving all my love,
Yes, I'm savin all my loving,
Yes, I'm saving all my love for you …«

Einstein und ich trauen uns nicht, lauter zu werden, aber wir singen, als ging's um unser Leben.

14 Nächtlicher Besuch

Es ist 2:59 Uhr. Alle dösen, oben zersägt der Riese einen ganzen Wald. Dazwischen hören wir wieder Schritte, aber leise.

Plötzlich zuckt Einstein hoch.

»Wieso schleichen die jetzt, wenn sie aufs Klo müssen?«

»Da ist was faul«, sagt Anarcho.

Mit einem Schlag sind alle hellwach.

Ich schaue hoch zur Tür, die sachte aufgezogen wird. Wir können im Hintergrund wieder das Radio hören, gerade beginnen die Nachrichten.

Blondie kommt mit gezückter Knarre herein und huscht so schnell die Treppe runter, dass keiner von uns rechtzeitig hochspringen, geschweige denn zu den Tanks laufen kann.

»Sitzen bleiben«, zischt er, baut sich vor uns auf und fuchtelt mit der Waffe herum. Am Ende zielt er wieder auf meine Stirn. Seine blauen Augen sind glasig, er schwankt. Er schnuppert, sieht sich mit gespieltem Ekel um und wedelt theatralisch mit der Hand vor seiner Nase.

»Mann, stinkt das nach Pisse hier. Habt euch vor Angst in die Hose gepisst, hä?«

Ich schaue Hilfe suchend zur Tür, aber da ist niemand. Keiner von uns wagt, sich zu rühren.

Blondie grinst mich hämisch an.

»Na, vor Angst in die Hose gepisst, Drecksbulle?«

Ich antworte nicht, halte die Luft an und sehe zu ihm hoch. Ich weiß, er hasst mich, aber irgendwo habe ich gehört, dass keiner einen erschießt, dem er in die Augen schauen muss. Ich bete, dass es wahr ist und auch für diesen besoffenen Scheißkerl gilt.

»He, Drecksbulle! Ich red mit dir! Also: In die Hose gepisst?«

Ich schweige ihn an.

»Lass David in Ruhe. Er hat dir doch nichts getan«, mischt Sally sich mutig ein.

»Schnauze!«, herrscht er sie an, zielt kurz auf sie und gleich wieder auf mich.

»Tja, was glaubst du, werd ich jetzt mit dir machen, hä?«, fragt er schließlich.

»Hmmm, mal sehen«, grübelt er demonstrativ indem er sich am Kinn kratzt.

Meine Gedanken rasen. Aus meiner sitzenden Position heraus habe keine Chance, ihn irgendwie zu überraschen und zu überwältigen. Ich muss es auf die Psycho-Tour versuchen. Mein Verstand rät mir, mit ihm zu reden. Solange ich mit ihm rede, lässt er mich leben. Aber was sage ich ihm? Soll ich an seine nicht vorhandene Vernunft appellieren, ihm zureden? Damit zeige ich ihm meine Angst, er geilt sich daran auf, bis er seinen Höhepunkt erreicht und den Zeigefinger krümmt.

»Fick dich«, sage ich trocken.

Er verdreht die Augen, will schon abdrücken, entspannt sich aber gleich wieder. Er lässt kopfschüttelnd die Knarre sinken und lacht ein irres, dennoch beinahe herzliches Lachen. Plötzlich reißt er die Waffe wieder hoch und zielt mit wilder Entschlossenheit erneut auf meine Stirn. Seine Hand zittert leicht.

»Na, Arschgesicht?«, geifert er. »Willst du wissen, was deine Freunde von deinem beschissenen Verein mit meinem Alten gemacht haben, hä? Willst du's wissen? Abgeknallt haben die ihn! Einfach abgeknallt, nur weil er sich in München ein paar Scheine aus ner Bank geholt hat! Hast du gehört? Ihr Scheißbullen habt meinen Alten erschossen! Was sagst du dazu, hä?«

Ich sehe ihn an und überlege. Schnell was sagen – nur was?

Er lächelt bitter. »Jetzt kriegst du das Maul nicht mehr auf, was?«, spottet er. »Hast deine kleine Bullenhose gestrichen voll, hä?«

Er schließt ein Auge. »Ich sehe dich in der Hölle, du kleiner Scheißkerl!«, zischt er.

Wir hören Schritte. Der Große duckt sich mit gezückter Waffe durch die Kellertür und bleibt oben stehen.

»Lass mich!«, faucht Blondie ohne sich umzudrehen. »Lass mich jetzt! Die Schweine haben meinen Alten kalt gemacht!«

»Zum letzten Mal, du besoffener Schwachkopf«, beginnt der Große geduldig. »Die haben deinen Alten nicht kalt gemacht. Das ist nur 'ne Story.«

»Red keine Scheiße!«

»Dein Alter hat sich im Suff das Genick gebrochen, als du dir noch in die Windeln geschissen hast. Als du älter warst, hat dein großer, bescheuerter Bruder dir die Story von dem Banküberfall aufgetischt.«

»Scheiße! Alles Scheiße!«, zischt Blondie. »Mein Bruder lügt nicht!«

»Der hat dir Mist erzählt, Mann! Und willst du wissen, warum? Weil er gemerkt hat, dass du schon als du klein warst immer ein großer Gangster werden wolltest. Er wusste, dass dir der Blödsinn von dem Banküberfall gefällt, weil dein Alter dann der große Held für dich ist.«

»Schnauze! Du lügst!«

»Frag ihn doch! Er lacht sich heute noch kaputt, wenn er erzählt, wie du in der Schule mit deinem Alten angegeben hast, dem großen Bankräuber, der in München von den Bullen erledigt wurde, und wie die anderen Kinder, die Polizisten oder Feuerwehrmänner werden wollten, dich nicht für voll genommen haben. Ts! Dein Alter war wahrscheinlich nie in seinem Leben in München.«

Blondie starrt mich an. Hinter seinen Augen kann ich es richtig arbeiten sehen.

»Woher willst du Arschloch das eigentlich wissen?«, fragt er, immer noch skeptisch.

Der Große überhört das ›Arschloch‹ und lacht auf.

»Weil er's mir selbst erzählt hat. Genau heute vor einem Jahr, als wir Silvester durchgesoffen haben. Glaub mir: Der hat dich immer nur verarscht, dein Großer. Der konnte dich doch nie leiden, weil er denkt, dass du ein bisschen bescheuert bist.«

»Schnauze!«, kreischt Blondie, dass wir alle zusammenfahren.

»Schon gut, schon gut«, brummt der Große.

Sekunden verstreichen. Nur das Schnarchen des Riesen und die Nachrichtensendung sind zu hören. Blondie bekommt wieder diesen trotzigen Ausdruck, der mir gar nicht gefällt.

»Ich mach den jetzt trotzdem kalt«, erklärt er

entschlossen. »Scheißegal, was wahr ist. Ich kann dem seine verdammte Fresse nun mal nicht leiden. Was willst du tun? Mich abknallen?«

»Ts«, macht der Große. »Ich knall dich doch nicht ab. Wir sind doch Kumpels. Aber wenn du's machst, häng ich nun mal auch mit drin, verdammt noch mal. Also, lass den Quatsch.«

Er lehnt sich gegen den Türrahmen und lässt die Arme sinken.

»Hm«, sagt Blondie tonlos, kneift wieder ein Auge zu und legt an.

Ich beiße die Zähne zusammen und starre ihn unnachgiebig an, der Blickkontakt ist meine letzte Hoffnung. Die Sekunden werden zur Ewigkeit.

»Warte mal«, sagt der Große plötzlich.

»Lass mich«, sagt Blondie erstaunlich cool und zielt weiter.

»Jetzt hör doch mal die Nachrichten«, zischt der Große, stößt sich mit der Schulter vom Türrahmen ab und hebt die Hand.

Blondie gehorcht und erschießt mich nicht, damit er verstehen kann, was oben aus dem Radio kommt.

Auch wir lauschen gebannt.

»… in Hessen drei Banken überfallen haben, fehlt noch immer jede Spur. Die Polizei bittet um Hinweise aus der Bevölkerung. Der Polizist, der beim dritten Überfall niedergeschossen wurde, befindet sich auf den Weg der Besserung und wird das Krankenhaus in den nächsten Tagen verlassen …«

Blondie senkt langsam die Waffe, nagt an der Unterlippe und überlegt.

»Jetzt denk doch mal nach!«, drängt der Große. »Der Typ lebt! Wieso willst du uns jetzt hier noch reinreiten? Das ist doch kompletter Schwachsinn! Sieh ihn dir doch an, den kleinen Penner hier. Wie er dasitzt und die Hosen voll hat, weil du ihm ins Bein geschossen hast. Der hat doch genug! Was soll das bringen, den jetzt noch kalt zu machen? Oder bist du echt so blöd wie dein bescheuerter Bruder glaubt?«

Blondies Hand krampft sich um seine Knarre, und er beißt die Zähne zusammen.

»Schnauze«, sagt er leise.

Der Große redet unbeirrt weiter.

»Du bist doch nicht so blöd, oder? Nein, das bist du nicht! Ich glaub, du bist viel schlauer als dein Großer. Der sitzt nämlich im Knast! Und du? Du liegst bald irgendwo am Strand mit 'nem Bier und geilen Weibern!«

Er sieht zu mir und deutet fast schon gelangweilt mit der Knarre auf mich.

»Und den kleinen Pisser hier? Ts! Den brauchst du doch nicht abzuknallen«, sagt er und macht mit der Waffe eine wegwerfende Bewegung über die Schulter. Wir starren auf Blondie. Mit herabhängenden Armen steht er da und grinst mich verächtlich an. Er wirkt einigermaßen zufrieden, doch ich spüre, er hasst mich abgrundtief.

Dennoch – für den Moment ist es gut.

Er salutiert uns mit seiner Knarre, nickt Sally zu und trottet die Stufen hoch. Oben haut er den Großen auf die Schulter.

»Alles klar, Alter«, sagt er. »Saufen wir noch einen.«

Dann schiebt er sich an ihm vorbei und verschwindet durch die Kellertür.

Ich starre den Großen an und kann nicht glauben, wie clever der Typ ist.

Er lässt seinen Blick über uns schweifen und nickt mir am Ende kaum merklich zu. Dann verschwindet auch er. Der Schlüssel wird rumgedreht und abgezogen, die Schritte entfernen sich.

Ich atme auf, zieh meine Knie an, umklammere sie und lasse den Kopf darauf sinken. Der Schmerz in meinem Bein ist mir dabei egal. Einstein legt mir die Hand auf die Schulter.

Ich weiß nicht mehr, wie oft in den vergangenen Stunden auf mich gezielt wurde, wie oft ich schon gestorben bin, aber es kotzt mich allmählich an.

15 Reisevorbereitungen

Die Zeit schleicht, der Riese zersägt immer noch einen Wald, und ab und zu rumort es im Haus. Jedes Mal, wenn oben jemand vorbeiläuft, schauen wir zur Kellertür. Doch dann hören wir wieder nur die Badezimmertür, Pinkelgeräusche und die Klospülung. Nie den Wasserhahn.

Mein linker Fuß fühlt sich taub an, und ich lockere manchmal den Schal an meinem Oberschenkel, aber nur kurz, denn die Blutung ist noch nicht ganz gestillt.

Die Kälte nervt, und nach und nach knurrt allen höllisch der Magen vor Hunger. Wir können es sogar hören. Seit vier Uhr morgens sind wir richtig ungeduldig. Die Typen müssen doch bald abgeholt werden, damit wir endlich hier rauskommen! Aber wahrscheinlich sind die Straßen immer noch zu vereist.

Trotzdem – davon ausgehend, dass wir nicht erschossen werden, müssen wir allmählich ernsthaft über die Flucht aus unserem muffigen Gefängnis nachdenken. Wenn's soweit ist, muss alles ganz schnell gehen, denn die medizinische Hilfe für Natters Arm ist mittlerweile mehr als überfällig, und mein Bein, das, abgesehen vom tauben Fuß, höllisch weh tut, muss wahrscheinlich genäht werden.

Außerdem bezweifeln nun doch alle, dass man Anarchos Nase wirklich einfach so lassen kann. Ich hinke mit Einstein zur Kellertür und wir sehen sie uns an. Sie geht nach außen auf, aber sie einfach aufzutreten, ist sicher nicht so leicht wie im Film. Zwar könnte man sich beim Zutreten mit dem Rücken gegenüber an der kleinen Mauer des Treppenaufgangs abstützen, aber Anlauf nehmen kann man auf der schmalen Treppe nicht. Die Tür hat ein einfaches, altes Schloss – den Schlüssel haben die Kerle abgezogen, weil sie wohl glauben, wir könnten den berühmten Trick mit der Zeitung und dem Zahnstocher machen.

Einstein meint, wir sollten es mit einem improvisierten Dietrich versuchen. Er hat da Erfahrung mit seiner Wohnungstür, die er mit einem verbogenem Stück Draht schon zig Mal aufgeschlossen hat, immer wenn er sich versehentlich ausgesperrt hat.

Sally überlässt ihm ihre Ohrenwärmer.

Um 4:15 Uhr sitze ich an der Wand und sehe ihm zu, wie er an dem silbernen Draht herum biegt, der als Verstärkung im Haarreif war. Er konnte ihn einfach aus der Plastikummantelung herausziehen, nachdem er einen der lila Plüschwärmer abgerissen hat.

»Ich weiß nicht«, zweifle ich. »Der Draht ist doch viel zu dünn und zu weich, oder?«

Einstein wiegt den Kopf hin und her.

»Eigentlich schon, aber einen Versuch ist's wert.«

Er verformt den Draht, indem er auf dem Boden mit der Bierflasche darauf herumhämmert und ihn über eine Kante des Bierkastens knickt.

»Hier stinkt's wie im Pumazwinger«, stöhnt Anarcho. »Wir müssten wirklich mal das Fenster öffnen. Scheiß auf die Kälte.«

Alle, selbst Sally, haben in den vergangenen Stunden die Nische aufgesucht.

Anarcho macht sich daran, aufzustehen.

»Spinnst du?«, zischt Einstein und schaut von seiner Arbeit hoch. »Und wenn der Große kommt? Meine Eier ...«

»Jaja, du und deine Eier«, winkt Anarcho ab, richtet sich ganz auf, schlappt zum Fensterchen und öffnet es mit einem leisen Quietschen.

»Wenn ich wen kommen höre, mach ich schnell wieder zu, okay«, beruhigt er Einstein, der ängstlich zur Tür schielt.

Anarcho zieht gierig durch seine gebrochene Nase die frische Luft des dunklen Wintermorgens ein, der so gesehen eigentlich noch gar kein richtiger Morgen ist. Plötzlich stutz er und legt den Kopf schräg.

»Hört ihr das?«

Alle lauschen gebannt, dann hören wir's auch: ein leises Brummen, das langsam lauter wird.

»Das ist ein Auto«, flüstert Sally.

Das Brummen wird lauter, kommt immer näher, ist irgendwann an der Landstraße genau vor der Wiese unter unserem Haus und entfernt sich wieder, wird immer leiser und erstirbt irgendwann ganz.

»Mensch, Leute«, freut sich Anarcho und sieht uns hoffnungsvoll an. »Man kann wieder fahren. Jetzt dauert's bestimmt nicht mehr lange, oder?«

Wir fassen neuen Mut, tauschen zuversichtliche Blicke. Bestimmt wird jetzt auch bald diese Karin auftauchen und dem Spuk ein für alle Mal ein Ende bereiten. Sally küsst Natter auf die Wange, Einstein schaut zu Anarcho.

»Dann schließ das Fenster erst recht wieder«, drängt er. »Falls der Große noch mal nach uns sieht.«

»Okay, okay«, sagt Anarcho, wedelt noch ein bisschen Frischluft mit dem quietschenden Fensterflügel herein, um ihn schließlich wieder zuzudrücken.

»Könnte klappen, könnte klappen«, murmelt Einstein und versucht mit dem Boden einer Bierflasche, den Bart seines Dietrichs platt zu klopfen, was ihm bei Glas auf Metall mehr schlecht als recht gelingt.

Plötzlich klingelt oben das Telefon. Alle starren an die Decke, ganz leise hören wir Stimme des Großen. Ich will aufstehen, aber mein Bein tut weh. Einstein huscht für mich zur Tür und lauscht am Schloss. Schon nach ein paar Sekunden kommt er wieder zu uns herunter.

»Hat schon wieder aufgehängt«, berichtet er aufgeregt. »Aber er hat noch ›Bis gleich‹ und ›Beeil dich‹ gesagt.«

»Ja!«, zischen alle gleichzeitig, das ist es, was wir hören wollten.

Ich sehe auf die Uhr: 4:35.

Oben verstummt das Schnarchen des Riesen und weicht einem kurzen unleidigen Quengeln. Kurz darauf donnern seine Schritte durchs Haus, und wir kommen zum letzten Mal in den Hörgenuss seines Nashornpinkelns. Die anderen beiden reden irgendwas, während ihre Schritte zwischen den Schlafzimmern und der Terrassentür hin- und herpoltern. Dann wird es wieder ruhiger. Nur einer geht auf und ab, es ist nicht der Riese.

Über eine halbe Stunde verstreicht. Obwohl wir vollkommen platt sind, können wir vor Ungeduld kaum still halten. Einstein, der den Rest von Sallys Ohrenwärmern zusammen mit dem selbstgebastelten Dietrich in einem schmalen Spalt unter dem Weinregal versteckt hat, tigert auf und ab und dreht an seinem Würfel.

Anarcho steht am Fensterchen, das er hin und wieder ein Stückchen öffnet, um zu lauschen.

Natter, Sally und ich wippen im Sitzen ungeduldig mit den Füßen, meine Wunde tut dabei weh, aber egal. Natter ist wieder nüchtern, wir anderen waren nie betrunken, weil wir über die ganze Nacht nur je eineinhalb Bier getrunken haben.

Um 5:15 Uhr ist es schließlich soweit.

»Ein Auto!«, triumphiert Anarcho und ein paar Sekunden später: »Es hält! Es hält!«

Er drückt das Fensterchen zu, während Natter und Sally sich auch schon hochrappeln. Einstein hilft mir beim Aufstehen. Wir stellen uns alle sicherheitshalber in unsere stinkende Nische bei den Tanks.

Oben wird die Terrassentür geöffnet und der Große brüllt: »Warte da unten. Wir kommen gleich!« Dann gibt er ein paar Befehle, das Telefon wird aus der Wand gerissen, in die Ecke gefeuert und zertreten. Schließlich kommt wer und sperrt unsere Kellertür auf.

Wir schielen zur Mauer vor dem Treppenaufgang, hinter der der Große, die Waffe im Anschlag, hervorkommt und sich vor uns aufbaut.

»Keine Scheiße!«, warnt er und sieht sich um.

Er lugt in die Lücke zwischen den Tanks und

der Mauer des Treppenaufgangs, geht dann zum Fenster, öffnet es, rüttelt an jedem einzelnen Gitterstab und schließt es wieder. Er sieht sich das Weinregal an und greift zwischen die Flaschen, er verschiebt den Kasten Bier mit dem Fuß und stochert misstrauisch in den Resten der Holzkiste herum, die wir für Natters Armschiene zerlegt hatten. Dann geht er in die Hocke und schaut unter die Füße der Tanks und unter das Weinregal. Er hält kurz inne, legt den Kopf schräg, steht dann aber doch wieder auf.

Dann kommt er zu uns und hält Einstein die Waffe vor die Stirn.

»Ganz ruhig, dann passiert nix«, murmelt er, packt Einstein mit der freien Hand am Kragen, zieht ihn ein Stück zu sich, wo er ihn flink abtastet und wieder zurückschiebt.

Das wiederholt er bei jedem von uns, auch Sally lässt es sich gefallen.

Am Ende entfernt er sich rückwärts, bleibt in der Raummitte stehen und sieht sich noch einmal um. Sein letzter Blick gilt uns. Es sieht aus, als ob er sich verabschieden will, doch seine schwarzbraunen Augen mustern uns nur kurz. Er nickt uns nicht einmal zu, sondern huscht dann einfach nach oben, wo er die Kellertür zweimal abschließt und den Schlüssel abzieht.

»Fuck! Zweimal!«, zischt Einstein.

»Alles klar! Ich pinkle nochmal!«, brüllt der Große oben durchs Haus. »Geht schon mal runter!«

»Alles klar!«, kommt es vom Riesen zurück.

Wir hören, den Großen pinkeln und treten aus unserer stinkenden Ecke.

Anarcho eilt zum Fensterchen, öffnet es und lauscht.

Einstein fingert seinen Dietrich unter dem Regal hervor und steigt die Treppe hoch, wo er sich vor das Schloss kniet und lauscht.

»Warte auf jeden Fall noch, bis sie weggefahren sind«, sagt Sally ängstlich.

»Scheiße, was ist da los?«, zischt Anarcho plötzlich und hebt die Hand, damit wir alle leise sind.

Draußen hören wir ein zweites Auto halten, die Tür wird geöffnet und wieder zugeschlagen, und eine ärgerliche Männerstimme ruft etwas, das klingt wie: »Was macht ihr denn da?« Dann wird wild durcheinander geredet, der Mann brüllt irgendwas, und plötzlich kracht ein Schuss, eine Frauenstimme kreischt, Männer schreien, darunter auch der Riese, und ein Hund fängt an zu bellen.

Der Pinkelstrahl des Großen bricht abrupt ab, und wir hören ihn nach vorne rennen.

»Scheiße, was ist da los? Scheiße, was ist da los?«, jammert Anarcho.

Einstein kniet vor der Kellertür und sieht mich Hilfe suchend an.

»Ja, was war denn nun da los?«, drängte Lucy, den Kopf noch immer auf beide Hände gestützt.

Schreiber lächelte und hielt ihr seinen leeren Glaskrug hin. Sie nahm ihn und stellte ihn neben das Spülbecken. In einen neuen aus dem Regal zapfte sie am Fass auf dem Tresen ein frisches Bier.

»Es war genau das passiert, womit keiner gerechnet hatte«, erzählte Schreiber, als er ihr dabei zusah. »Der Besitzer des Ferienhauses war gekommen.«

»Und was hatte er an Neujahr, früh um 5:15 Uhr da verloren?«, fragte Thiele.

»Genau das habe ich mich auch gefragt – also später dann. Irgendwann hab ich's erfahren. Das war so: Der Besitzer war ein großer, stämmiger Junggeselle so Ende dreißig, kurzes, braunes Haar, Geheimratsecken. Er wohnte noch mit seinen Eltern zusammen. Und weil er sexuell einigermaßen aktiv war, hatte er keinen Bock, dass die immer gleich alles mitkriegen. Er hat seine Eroberungen also oft mit in sein Ferienhaus genommen. In dieser Nacht hatte er auf dem Silvesterball von irgendeiner Dorffeuerwehr eine abgefüllt, dann abgeschleppt und war mit ihr hingefahren. Dass er dabei noch ziemlich besoffen war, lass ich jetzt einfach mal dahingestellt. Jedenfalls war er da.«

»Und was ist passiert?«, fragte Lucy noch mal betont gedehnt, um ihrer Neugier Nachdruck zu verleihen. Sie stellte Schreiber das schäumende Bier hin und malte mit dem Kuli einen zweiten Strich auf den Deckel.

»Zum Wohl.«

»Danke«, sagte er und erlöste sie, indem er erzählte: »Was wir unten im Keller nur hören konnten, wurde mir später von den Kollegen erzählt. Den Zeugenaussagen nach muss es etwa so abgelaufen sein:

Diese Karin parkt mit ihrem Auto unten an der Landstraße. Blondie und der Riese tragen die Taschen mit der Beute gerade den Hang hinunter, als der Besitzer eintrifft.

Der bleibt mit seinem Auto ein paar Meter hinter Karins Karre stehen. Er hat übrigens einen Kombi, in dem hinten sein Schäferhund liegt. Er musste ihn nach dem Ball von zu Hause abholen, weil seine Silvesterflamme in ihrem Suff darauf bestanden hatte, das Tier kennenzulernen. Die Frau sitzt übrigens auf dem Beifahrersitz.

Der Mann sieht also oben in seinem beleuchteten Haus die Terrassentür offenstehen und Blondie und den Riesen mit ihren Taschen auf halbem Weg zu Karins Auto. Er steigt aus und stapft durch den Schnee auf die Beiden zu. Er blafft Blondie und den Riesen an, was sie denn da machen, und es geht kurz hin und her, bis Blondie die Knarre zieht und damit herumwedelt.

Tja, ich weiß nicht, ob der Mann mutig, blöd, zu besoffen oder schlicht und ergreifend nicht mehr ganz dicht war – jedenfalls ist ihm die Knarre irgendwie scheißegal. Er kündigt Blondie eine Lappen Schelln an, oder auf Hochdeutsch

‚eine schallende Ohrfeige', geht auf ihn zu und schlägt ihn einfach mit einem gewaltigen Schwinger K.O. Insofern hatte der Mann mit der Ohrfeige gelogen.

Blondie ist zwar einigermaßen überrascht, aber bevor ihn die Faust trifft, schafft er es noch, einen Schuss abzufeuern, der seinem Angreifer die obere Hälfte des linken Ohrs wegreißt. Ich hab's später übrigens gesehen – sah echt fies aus.

Nun, ich weiß auch nicht, was der Kerl getrunken hat, aber selbst das beeindruckt ihn nicht weiter, denn er stürzt sich als Nächstes auf den Riesen, mit dem er es natürlich nicht so leicht hat. Aber groß und kräftig wie der Besitzer ist, spielt er immerhin fast in der selben Liga. Und er hat wohl auch noch Glück, dass der Riese total verkatert ist. Jedenfalls fangen sie an sich zu prügeln, schenken sich nichts und wälzen sich irgendwann verbissen im Schnee.

Die Freundin des Besitzers, die ängstlich im Auto geblieben ist, steigt jetzt aus und lässt hinten den Schäferhund raus. Der hat natürlich schon die ganze Zeit herumgebellt, aber erst als sie ihn raus lässt, können wir im Keller das Bellen auch hören.

Der Hund hilft sofort seinem Herrchen und zieht knurrend an einem Hosenbein des Riesen.

Die Freundin nimmt derweil geistesgegenwärtig dem bewusstlosen Blondie die Knarre ab.

Karin, also die Freundin des Großen, will offenbar nichts mit der Sache zu tun haben und hält sich aus der ganzen Kämpferei heraus. Aber sie nutzt die Gelegenheit, um hoch zu laufen, sich eine der Sporttaschen, die in den Schnee gefallen sind, zu krallen und in ihr Auto zu bringen. Als sie merkt, dass immer noch Chaos herrscht, weil der Riese trotz Hund am Hosenbein, sich weiter mit dem Besitzer im Schnee wälzt und die Freundin des Besitzers unschlüssig zwischen dem Riesen und dem regungslosen Blondie hin und her zielt, will sie auch die zweite Tasche holen. Doch in dem Augenblick sieht sie, wie oben der Große aus dem Haus kommt, und wartet noch.

Der Große sieht was los ist und eilt, die Waffe im Anschlag, hinzu. Er zielt auf die Freundin des Besitzers und schreit sie an, sie soll die Knarre wegwerfen. Die kreischt auf und tut, was er sagt. Als der Große dem Riesen helfen will, merkt er, wie Karin sich heimlich verdrücken will, zielt deshalb auf sie und brüllt: »Bleib stehen, du Schlampe!«

Schreiber unterbrach und nahm einen Schluck Bier.

»Tja, und das war der Moment, in dem ich dazu gekommen bin«, sagte er, als er den Glaskrug wieder absetzte.

»Und wie ging's weiter?«, knurrte Lucy.

»Moment mal«, bremste sie Aurich und hielt ihr dabei seinen leeren Glaskrug hin, den sie ihm abnahm. »Wie seid ihr denn überhaupt so schnell aus dem Keller gekommen?«

»Also, das war so«, setzte Schreiber an.

16 Showdown im Schnee

Als oben das Chaos ausbricht, beziehungsweise nachdem der Große außer Hörweite ist, geht alles verdammt schnell.

»Mach auf!«, zische ich Einstein zu, der wie versteinert vor der Tür kniet.

»Spinnst du? Ich geh doch da nicht rauf!«, wimmert er ungläubig.

»Ich auch nicht!«, sagt Sally sofort und geht mit verschränkten Armen kopfschüttelnd rückwärts in ihre vertraute Ecke beim Weinregal.

Anarcho steht vor dem Fenster und lauscht gebannt.

Natter tigert unschlüssig umher und flucht leise vor sich hin.

Ich kann sie verstehen. Sollen sie nach oben stürmen? Da rauf, wo mit echten Knarren geschossen wird und keiner weiß, was sonst überhaupt noch los ist?

Meine Gedanken beginnen zu rasen: Zwei Polizisten in mir schreien durcheinander. Der eine meint, dass ich meine Freunde nicht in Gefahr bringen darf. Der andere brüllt mich an, dass da oben Leute Hilfe brauchen. Ich sollte wenigstens versuchen, mir ein Bild von der Lage zu verschaffen.

Ich hinke die Stufen hoch und reiße Einstein den Dietrich aus der Hand.

»Gib her«, sag ich und dränge ihn weg.

Er lässt es sich gefallen, geht die Treppe runter und wartet.

Ich fummle zitternd am Schloss herum, merke

aber gleich, dass es keinen Sinn hat und werfe den Dietrich beiseite. Mit dem Rücken an der Wand des Treppenaufgangs trete ich mit dem heilen Bein hektisch ein paar Mal gegen die Tür und greife mir dann stöhnend an die Wunde am anderen.

Plötzlich ist Natter bei mir, schiebt mich zur Seite, lehnt sich gegen die Wand und tritt wie verrückt gegen die Tür. Er ächzt verbissen und feuert in wenigen Sekunden zahllose Tritte ab. Das Holz knirscht, die Tür fliegt auf und ein Teil des Rahmens segelt einfach weg wie nichts. Natter lehnt keuchend an der Wand.

Ich schiebe mich an ihm vorbei, schaue vorsichtig um den kaputten Türrahmen und husche geduckt durch den kleinen Gang nach vorne in den großen Raum, wo ich vorsichtig zum Esstisch vor dem Fenster bei der Terrassentür tipple. Der Tisch ist übersät von leeren Bierflaschen und Natters Karten liegen verstreut dazwischen.

Ich spüre, wie die anderen mir nun doch folgen.

»Zusammenbleiben, zusammenbleiben«, höre ich Einstein hinter mir flüstern.

Ich verberge mich hinter dem kleinen Stück Wand zwischen Fenster und Terrassentür und spitze ums Eck ins Freie.

Es ist noch immer dunkel draußen, und vereinzelt fallen schon wieder dicke Schneeflocken. Ich kann die Gestalten nur schemenhaft sehen, aber ich meine, sie zu erkennen.

Links unten am Hang wälzt sich der Riese mit einem anderen am Boden, und ein Schäferhund zieht knurrend an seinem Hosenbein. Daneben liegt jemand reglos im Schnee, ich bin mir halbwegs sicher, dass es Blondie ist. Dahinter steht eine dunkelhaarige Frau mit hellem Mantel und Stirnband, die ein bisschen wie Nena aussieht, nur viel dicker. Mit erhobenen Händen setzt sie unschlüssig immer wieder an, entweder zu den Kämpfenden oder einem Kombi ganz unten an der Landstraße zu laufen.

Ein paar Meter rechts von all dem steht der Große mit dem Rücken zu mir. Er hat in dem Chaos offenbar nichts von unserem Ausbruch mitbekommen. Außerdem schreit er selbst ständig »Bleib stehen, du Schlampe!« und zielt auf eine Frau, wohl Karin, die gerade in ein anderes Auto vor dem Kombi steigt. Aus der Ferne sieht sie aus wie Kim Wilde. Warum haben die größten Ganoven eigentlich immer die tollsten Mädchen? Egal.

Jedenfalls habe ich mir jetzt ein Bild von der Lage verschafft. Ganz klasse – und jetzt? Wieder muss ich in Sekunden entscheiden, die Hosen gestrichen voll. Soll ich zusehen, wie der Große Kim Wilde erschießt? Wird er überhaupt schießen? Wird er treffen? Ich könnte jetzt mit den anderen fliehen, damit die wenigstens in Sicherheit wären. Und dann? Würde der Große den Gegner des Riesen erschießen? Oder gar die dicke Nena?

Ich weiß eigentlich nicht mehr genau, ob ich das Ganze wirklich so bedachte, aber plötzlich bin ich schon auf halbem Weg zum Großen. Zum Glück bemerkt er nicht, wie Nena fragend zu mir sieht, denn er visiert immer noch Karin an, brüllt und läuft dabei auf sie zu.

Die steigt trotzdem ein und lässt den Motor an.

»Fuck! Bleib hier!«, kreischt der Große, bleibt breitbeinig stehen, zielt mit beiden Händen und feuert. Der Schuss kracht ein paar Mal als Echo wieder, am Kotflügel über dem Vorderrad sprühen Funken und Karin rauscht auf Nimmerwiedersehen davon.

Von hinten stürze ich mich auf den Großen, weiß aber nicht, welchen meiner gelernten Griffe ich eigentlich bei ihm ansetzen will, nur dass es ordentlich daneben geht und ich plötzlich seitlich mit ihm im Schnee liege, mich mit beiden Händen an seiner Hand mit der Waffe festkralle und verfluche, dass ich in Selbstverteidigung immer das Schlusslicht war.

Etwa sechs Meter vor mir kann ich erkennen, wie der Riese die Oberhand gewonnen hat und rittlings auf seinem Gegner sitzt. Der Hund hängt ihm jetzt hinten am Jackenkragen.

Dann sehe ich nichts mehr, weil ich reflexartig die Augen zukneife und das Gesicht in den kalten Schnee drehe, als mich ein Faustschlag des Großen am Mundwinkel trifft.

Er liegt keuchend hinter mir und deckt mich mit seinem freien Arm mit Hieben ein, ins Gesicht, in die Rippen, aufs verletzte Bein, immer wieder.

Im Gerangel löst sich krachend ein Schuss und jemand röhrt getroffen auf, es klingt wie der Riese.

Plötzlich hören die Faustschläge auf und ich spüre, wie von hinten an meinem Peiniger gezerrt wird. Ich öffne die Augen und sehe, wie der Riese sich stöhnend an die Schulter greift. Sein Gegner nützt sofort den Vorteil, verpasst dem Riesen einen Kinnhaken und rollt ihn dann von sich herunter. Als der Gegner die Oberhand hat, lässt der Hund vom Riesen ab und hüpft wild kläffend herum. Blut läuft aus dem halben Ohr des Mannes und tropft ihm vom Kinn auf Gesicht und Hals des Riesen, der nur noch halbherzig Gegenwehr leistet. Mit einem Blick über die Schulter bemerke ich Anarcho.

Er steht hinter mir, hat den Arm des Großen gepackt und versucht, ihn zu verdrehen.

Der Große kämpft mit der Aggression eines in die Ecke gedrängten Tigers, strampelt und windet sich schnaubend, schüttelt uns richtig durch und tritt nach uns.

Ich umklammere weiter die Pistolenhand, versuche Hebel anzusetzen, um den Großen endlich die verfluchte Knarre zu entringen. Doch der Kerl ist bärenstark, sein Handgelenk wie aus Stahl.

Im Hintergrund sehe ich wie Sally, Natter und Einstein sich vorsichtig geduckt Nena nähern. Die hebt die Waffe auf, die sie vorher weggeworfen hat, und zielt auf die drei.

Sie zucken gleichzeitig zurück, ziehen die Köpfe ein und heben die Hände.

»Nicht schießen! Nicht schießen!«, brüllen alle.

»Wir halten zu Ihnen!«, schreit Einstein, dass sich seine Stimme überschlägt und dann: »Hinter Ihnen!«

Blondie, ist zu sich gekommen, hat sich unbemerkt hochgerappelt und schleicht sich von hinten an Nena heran, noch zwei Meter. Auf Einsteins Warnung hin sieht sie sich um, und es kracht ein Schuss.

»Huch!«, macht Nena, hüpft erschrocken und lässt die Waffe fallen.

Blondie fährt zusammen, steht kurz wie versteinert und schaut dann verdutzt auf seinen linken Oberschenkel. Schließlich umgreift er ihn mit beiden Händen, brüllt los vor Schmerzen und sackt seitlich in den Schnee, wo er sich wie ein gefoulter Fußballer herumwälzt und laut vor sich hin flucht.

»Ich wollte das gar nicht, ehrlich«, beteuert Nena, breitet unschuldig die Arme aus und schaut zu Einstein, der sich wieder traut, näher zu kommen

»Schon gut, schon gut, ganz ruhig«, sagt er mit zitternder Stimme, macht mit den Händen eine beschwichtigende Geste und bückt sich langsam nach der Waffe.

In dem Moment lösen sich gleich mehrere Schüsse aus der Waffe des Großen. Ich mache dem Schmerz in meinen Ohren mit einem langgezogenem Schrei Luft und ringe weiter mit der Pistolenhand die dabei in alle möglichen Richtungen schießt.

Nena und Sally kreischen, alle werfen sich in den Schnee, der Besitzer auf dem Riesen duckt sich. Ein paar Sekunden noch Schüsse, dann höre ich durch das Klingeln in meinen Ohren die Waffe des Großen zweimal klicken.

Einstein greift sich Blondies, beziehungsweise Nenas Waffe, steht auf, kommt zögernd ein paar Schritte auf Anarcho, den Großen und mich zu und zielt.

»Bist du wahnsinnig? Halt das Ding nach oben!«, brülle ich ihn an.

Einstein blinzelt erschrocken und tut was ich sage.

»Ihr müsst uns helfen!«, schreit Sally Nena an und schaut dann Hilfe suchend zum Mann, der rittlings auf dem Riesen sitzt, vollkommen erschöpft vor sich hin keucht und trotzdem schon wieder zum Schlag ausholt.

»Hör auf, hör auf«, röchelt der Riese unter ihm nur noch matt.

Der Besitzer lässt Gnade walten, bleibt aber noch auf dem Riesen sitzen und sieht sich nach seinem immer noch kläffenden Schäferhund um.

»Fass, Hektor! Fass!«, röhrt er das Tier heißer an und zeigt zu uns herüber.

Hektor sticht sofort los, durchs dichter gewordene Schneetreiben pfeilgerade auf uns zu und springt über mich und den Großen hinweg direkt in Richtung Anarchos Kehle.

Der lässt den Arm des Großen los und kreischt erschrocken auf. Reflexartig hebt er die Hände zum Schutz, stolpert dabei zurück und fällt hin, so dass der heranfliegende Hund nur einen Jackenärmel erwischt.

Wild knurrend zieht Hektor daran herum, während sich Anarcho verzweifelt auf dem Rücken windet und sich loszureißen versucht. Er ist natürlich in Panik und brüllt wie ein Irrer herum: »Scheiße, nehmt das Vieh weg!«, und so.

Ich lasse den Großen los, seine Waffe fällt in den Schnee. Dann rapple ich mich hoch und handle mir nebenbei noch einen Faustschlag in die Rippen ein, den ich zähneknirschend hinnehme, weil ich schon nach Hektors Halsband greife.

»Aus, Hektor! Aus!«, brülle ich streng und zerre ihn von Anarcho weg, was sich Hektor Gott sei Dank gefallen lässt.

Nena ist inzwischen bei mir, nimmt mir den Hund ab und versucht, ihn zu beruhigen.

Anarcho bleibt noch vollkommen ermattet am Boden liegen. Ich schaue mich nach dem Großen um, den ich weiter oben den Hang hochrennen sehe. Er ist schon fast beim Haus, will aber offenbar daran vorbei, um im Wald dahinter zu entkommen.

Ich fange an, ihm keuchend nachzulaufen, so gut es mit dem verletzten Bein geht.

Oben verschwindet der Große schon ums Eck.

Als ich auf halbem Weg zum Haus bin, höre ich Anarcho hinter mir rufen.

»Schreiber! Lass doch den Blödsinn! Der macht doch nix mehr!«

Ich bleibe stehen und drehe mich um. Anarcho steht schwer atmend mit herabhängenden Armen bei Nena, die neben dem jetzt stillen Hektor kniet, ihn beruhigend angurrt und dabei an Brust und Schultern krault.

Der Mann sitzt auf dem Riesen, drückt sich ein Taschentuch aufs halbe Ohr und hält mit der anderen Hand den stöhnenden Riesen am Kragen fest.

Sally, Natter und Einstein stehen um Blondie herum, der sich wimmernd am Boden windet. Sally sieht sich nach etwas zum Verbinden um, Einstein hält Blondies Waffe mit dem Lauf nach oben.

Ich überlege kurz, ob ich zu ihnen gehe, dann renne ich weiter in Richtung Haus.

17 Ein Abschied

Was ich mir dabei wohl dachte? Meinte ich wirklich, ich hätte eine Chance, mir den Großen zu schnappen? Jeder Polizist auf der ganzen Welt hätte verstanden, wenn ich mich jetzt auf die andern konzentriert hätte und darauf, Hilfe zu holen. Aber was machte ich? Ich lief, nein, hinkte dem Großen weiter nach. Von irgendwas getrieben, blendete ich alle Schmerzen aus. Nun ja, ich schätze, ich wollte einfach nur den Helden spielen.

Ich erreiche das Haus, lasse es hinter mir und folge den Fußspuren im krustigen Schnee hinein in den Wald, wo ich sie schon bald nicht mehr erkennen kann. Intuitiv stolpere ich einfach immer weiter, halte mir schützend die Unterarme vors Gesicht, damit die kleinen Zweige mich nicht kratzen.

Als mir die modrig-feuchte Waldluft in die Nase steigt, blitzen Bilder von Natters Auto in mir auf, wie es am Baum klebt, weil wir es dagegen gesetzt haben, in einer anderen Zeit, in einem anderen Universum.

Irgendwann erreiche ich das Ende des Waldes und stehe vollkommen erschöpft vor einer weiteren schneebedeckten Wiese, an deren Ende wiederum kann ich in der Ferne schon das nächste Waldstück erkennen.

Mein Atem geht schnell, ich hechle fast wie Hektor. Durch die kleinen Dampfwölkchen, die in kurzen Intervallen aus meinem Mund kommen, schaue ich mir die Landschaft an: Wälder und Wiesen, Schnee – grauer Schnee, im jetzt wirklich dichten Schneetreiben ein Bild wie von einem alten Schwarz-Weiß-Fernseher mit schlechtem Empfang, nur ohne Rauschen. Stattdessen Grabesstille.

Wird es denn heute gar nicht mehr hell?

Ein Blick auf die Uhr: 5:35.

Mein Mund schmeckt nach Blut, ich wische mit dem Handrücken darüber. Mit der Zunge fahre ich mir über die Unterlippe, die sich dick und pelzig anfühlt. Ich fasse mir an die Nase, stelle fest, dass sie geschwollen ist und weh tut, ich lasse meine Hand wieder sinken und die Arme müde hängen.

Halbherzig sehe ich mich um, ob ich Fußspuren erkennen kann, will aber eigentlich gar keine mehr finden.

Noch einmal lasse ich meinen Blick über die graue Natur schweifen, die mir nun doch ganz schön vorkommt, wenn ich an unser stinkendes, von Neon beleuchtetes Kellerverlies denke.

Ich atme durch, genieße die frische Morgenluft und entscheide, dass ich jetzt genug den Helden gespielt habe und den Großen den Kollegen überlassen kann. Ich werde umkehren und zurück zu den anderen gehen.

Doch als ich mich gerade umdrehen will, sehe ich aus dem Augenwinkel einen Schatten aus dem Wald auf mich zufliegen und zucke reflexartig zurück.

Eine Faust streift mich am Kinn, ich torkle ein Stück auf die Wiese und springe erschrocken ein paar Schritte rückwärts.

Vor mir stolpert der Große über den Schnee und fällt dabei beinahe hin, weil ihn seine eigene Schlagwucht fast umreißt. Er fängt sich und kommt langsam mit erhobenen Fäusten auf mich zu.

»Okay, Bulle, zeig was du drauf hast«, knurrt er.

Ich weiche zurück, doch er kommt unerbittlich näher, wird gleich losstürmen. Ich weiß, er ist viel stärker als ich, dieser Typ mit seinen vielleicht 27 oder 28 Jahren. Das habe ich jetzt vom Helden spielen. Wieder einmal versuche ich, mich auf meine Ausbildung zu besinnen: »Die Verbrecher wollen sich prügeln«, hatte unser Trainer gesagt. »Die glauben, wir wollen auch prügeln, wir wollen sie aber nur überwältigen und sichern. Deshalb kämpfen wir anders, als die denken, und genau darin liegt unser Vorteil!«

Schon lässt der Große die Fäuste fliegen. Er stürmt auf mich zu und sticht sie blitzschnell heraus, mit unglaublicher Wucht pfeifen sie an meinem Gesicht vorbei. Ich springe nur mit erhobenen Armen zurück, drehe mich ab und laufe ihm regelrecht davon.

Doch er holt mich schnell ein, ich spüre ihn dicht hinter mir und bin gezwungen, mich wieder zu stellen, damit er mich nicht von hinten umreißt.

Unerbittlich prügelt er wieder auf mich ein. Meine halbherzigen Versuche, Hebel anzusetzen, Beinfeger anzubringen oder was auch immer, werden im Keim erstickt, weil er zu geschickt, zu geschmeidig und vor allem viel zu schnell ist.

Es beginnt ein minutenlanger Tanz. Meine geniale Kampfesphilosophie werfe ich schon bald über Bord und prügle einfach mit, hauptsächlich aber springe ich rückwärts weg und ziehe den Kopf ein. Meine Fäuste treffen nie richtig, streifen ihn bestenfalls. Doch mit meinem Gesicht fange ich mir schon bald ein paar saftige Treffer ein. Benommen stolpere ich weiter rückwärts. Blut läuft mir ins Auge, und ein verheerender Haken schlägt an meiner linken Schläfe ein. Lila Punkte tanzen vor mir, und ich lande im Schnee.

Sofort spüre ich den Großen auf mir, er drückt mir mit den Knien die Arme auf die Erde und würgt mich mit beiden Händen. Er schnaubt verbissen, während ich verzweifelt mit den Beinen strample, die Knie hoch ziehe und ihm in den Rücken ramme, mit dem Gesäß abhebe und mit einer Art Beinschere versuche, meine Wade unter sein Kinn zu bringen.

Doch er duckt sich, lässt nicht locker, sein Atem geht rasselnd, sein Griff ist fest wie ein Schraubstock. Mein Kehlkopf geht nach hinten, ich glaube er bricht. Ich kann nicht atmen, nicht einmal röcheln. Nur noch schemenhaft sehe ich den Großen über mir, hinter ihm der dunkle Himmel, graue Schneeflocken, das letzte Bild bevor es zu Ende geht. Andere Bilder, Stationen meines kurzen Lebens, die im Zeitraffer an mir vorüberziehen, bleiben aus. Es stimmt also nicht, was die Leute über das Sterben sagen. Mir wird schwarz vor Augen.

Ein eiskalter Ball aus krustigem altem Schnee und frisch gefallenem Pulverschnee wird auf meinem Gesicht zerdrückt.

Ich röchle, huste, atme. Nasse Finger wischen mir mit dem Schnee das Blut aus dem Auge und vom Mund, wobei ich dankbar etwas Eiswasser schlucke. Zwei kalte Hände patschen mir auf die Wangen. Ich schüttle mich und öffne die Augen.

Ich habe wieder ein Bild – der gleiche dunkle Himmel wie eben.

Ich hebe den Kopf und sehe den Großen neben mir knien.

Er lässt erschöpft die Schultern hängen. Sein Atem bläst stoßweise dicke Dampfwolken vor sein Gesicht, das bis auf eine kleine Platzwunde an der Unterlippe nichts abgekriegt hat.

»Ich kann nicht mehr«, sagt er müde. »Hören wir auf, Kumpel.«

Er klapst mich auf die Schulter, lässt seine Hand darauf liegen und den Kopf hängen. Dann sieht er mich an und nickt mir zu, wie damals im Keller, nachdem er Blondie ausgeredet hatte, mich zu erschießen. Er klapst mich noch mal, erhebt sich ächzend und macht sich auf den Weg. Seine Schritte knirschen hinter mir im Schnee und werden leiser, als sie sich entfernen.

Mühsam setze ich mich auf und sehe der dunklen Gestalt nach, wie sie im grauen Schneetreiben immer winziger und undeutlicher wird und irgendwann den nächsten Wald erreicht, von dem sie schließlich verschluckt wird.

18 Nach Hause kommen

Ich wasche mir noch mal das Gesicht mit Schnee und trinke Eiswasser. Dann rapple ich mich hoch und laufe zurück zum Wald. Überrascht stelle ich dabei fest, dass wir uns über die halbe Wiese gekämpft haben.

Am Waldrand freue mich über ein Eichhörnchen, dass seinen Winterschlaf unterbrochen hat, um in der Erde nach Nüssen zu graben. Vielleicht haben wir es ja auch aufgeweckt? Es macht Männchen und sieht mich an. Ich zwinkere ihm zu und setze meinen Weg fort.

Als ich aus dem Wald trete und beim Ferienhaus ums Eck biege, finde ich die Wiese leer vor, und der Kombi ist verschwunden.

Aus dem Haus höre ich Stimmen. Ich gehe zur Terrassentür und zucke zusammen, als der Besitzer von drinnen mit Blondies Waffe auf mich zielt.

Er lehnt am Türrahmen vor der Küche und trägt jetzt Natters rosa Stirnband, das ihm ein Taschentuch aufs halbe Ohr presst. Als er mich erkennt, richtet er die Waffe sofort nach oben, und winkt mich mit der Flasche Mineralwasser, die er in der anderen Hand hält, herein.

»Morgen«, grüßt er, als ich eintrete und wirkt dabei einigermaßen nüchtern. »Nimm dir ein Wasser. Ich darf dich doch duzen, oder?«

Er deutet mit der Nase, zum Glück nicht mit der Knarre, zum Esstisch, auf dem ein paar Flaschen stehen. Es gibt auch Salzstangen und Chips. Die leeren Bierflaschen sind weg. Auf den vier Stühlen sitzen meine Freunde und schauen mir erleichtert entgegen. Hektor ist auch da. Er hat seinen Kopf auf Anarchos Oberschenkel gelegt und genießt mit geschlossenen Augen, wie der ihm die Ohren krault.

In der Sitzgruppe links von mir hockt neben Blondie der Riese auf dem Sofa. Er sieht betreten nach unten und presst sich ein Küchentuch auf die verletzte Schulter. Dabei kauert er sich so zusammen, dass er gar nicht mehr wie ein Riese wirkt, und sein Gesicht ist so zerbeult, dass er mir wie ein dickes Spiegelbild von mir selbst vorkommt.

Blondie hat sich zurückgelehnt, verzieht immer wieder das Gesicht vor Schmerzen und mustert seinen Oberschenkel, der jetzt, genau wie meiner, von einem Schal umwickelt ist. Als Blondie merkt, dass ich ihn ansehe, hebt er langsam den Kopf und funkelt mich verächtlich an.

»Ich kann deine scheiß Bullenfresse nicht leiden«, zischt er voller Hass.

Ich nicke ihm freundlich zu, gehe am Glastisch vorbei, stelle mich vor den Riesen und halte meine Hand auf.

Er sieht fragend zu mir hoch.

»Mein Taschenmesser, bitte«, sage ich.

Er glotzt ungläubig, brummt dann aber: »In meiner Jacke«, und sieht zur linken Außentasche.

Ich beuge mich runter, greife hinein, ertaste zum Glück nur mein Messer und keine anderen widerlichen Sachen, ziehe es heraus und stecke es ein.

Ohne die beiden weiter zu beachten, mache ich kehrt und steuere den Esstisch an.

Sally steht auf und fällt mir um den Hals. Wir drücken uns und haben vor Erleichterung Tränen in den Augen, ihr Ohr an meiner Wange ist ganz heiß.

»Deine Freunde haben schon alles erklärt«, höre ich den Mann hinter mir sagen. »Und du bist echt schon Polizist?«

»Ein halber«, sage ich und lasse Sally los.

»Soso«, sagt der Mann. »Dann muss ich euch den ganzen Blödsinn wohl wirklich glauben.«

»Wo ist denn Ihre Freundin?«, frage ich und sieze ihn trotzdem.

»Kannst Eddie sagen«, antwortet er. »Die Nina fährt telefonieren.«

Soso, Nena heißt also Nina, denke ich und verkneife mir eine Bemerkung über ihre Fahrtüchtigkeit. Ich danke Eddie, hole mir einen Stuhl aus einem der Schlafzimmer und setze mich zu den anderen.

Alle klapsen mir auf die Schulter.

»Keinen Kuss!«, warne ich Natter.

»Blödmann«, sagt er nur und grinst.

Sally schnappt sich Natters Karten, mischt sie und knallt den Stapel vor Einstein auf den Tisch.

»Heb ab«, sagt sie, und Einstein gehorcht.

Ich nehme meinen Geldbeutel vom Tisch, stelle fest, dass nichts fehlt, und hole das Kleingeld heraus.

»Natter ist Brunskadder«, sagt Anarcho und schielt auf den gebrochenen Arm.

»Nein, Natter und ich bilden ein Team«, widerspricht Sally und rutscht ein Stück näher zu Natter, damit sie zusammen in die Karten schauen können.

Eine paar Runden später bin ich um drei Mark fünfzig ärmer und sitze in Bamberg in der Notaufnahme des neuen Klinikums am Bruderwald, wo Natter mit dem Arm, Eddie mit dem halben Ohr, Blondie mit einem Durchschuss am Oberschenkel und der Riese mit einem Steckschuss in der Schulter, gleich drangekommen sind.

Wir anderen ruhen uns derweil in einer Sitzgruppe im Wartebereich aus.

Meine Gitarrentasche lehnt rechts neben mir und ich spiele mit dem Taschenmesser herum.

Mir gegenüber unterhält sich ein uniformierter Kollege leise mit Nina.

Hektor muss draußen im Auto warten.

Links neben mir schnarcht Einstein laut vor sich hin, mit der Wange an Sallys Schulter.

Sally schläft mit offenem Mund, den Kopf nach hinten auf die Polsterlehne gelehnt.

An ihrer anderen Schulter schnarcht Anarcho.

Ich döse erschöpft und muss lächeln, als ich daran denke, wie er auf der Herfahrt im Polizeiauto voll abging, weil die *Sex Pistols* liefen, und wie er ausflippte, als der Kollege am Steuer ihm sagte, dass das seine Lieblings-Band sei.

»Coole Bullen, coole Bullen«, freute sich Anarcho die ganze Fahrt über.

Ein Typ kommt um die Ecke, der mir trotz dickem Nasenverband bekannt vorkommt. Als er mich sieht, hebt er grinsend eine Hand zum Gruß, kommt zu mir, stellt meine Gitarrentasche beiseite und setzt sich neben mich.

»He, Schreiber«, sagt er mit langsamer monotoner Stimme. »Wie seht ihr denn aus? Hattet ihr 'nen Unfall?«

Er mustert verwundert mein Gesicht.

Jetzt erkenne ich ihn.

»Krüger? Was machst du denn hier? Wieso bist du denn nicht auf deiner Fete?«

»Da komm ich doch gerade her, Mann. War voll geil, ihr habt echt was verpasst«, berichtet er, ohne sein Sprechtempo zu steigern. »Sogar heute Morgen ging's noch richtig ab. Aber die Chantal hat mir beim Tanzen die Nase gebrochen, die dumme Kuh. Wir sind jetzt übrigens zusammen, ich hoffe, das ist okay für dich.«

Ich bin fassungslos. Chantal ist eine Ex-Freundin von mir, mit der ich ein paar Monate zusammen war. Sie ist zwei Jahre älter als ich und eine ganz Scharfe. Alle beneideten mich um sie. Wieso haben wir uns eigentlich getrennt?

Und vor allem: Was will die jetzt vom Krüger?

Aber was am allerschlimmsten ist: Vielleicht wäre sie jetzt sogar wieder mit mir zusammen, wenn ich doch nur, wie geplant, auf dieser verdammten Feier gewesen wäre.

Ich stelle mir vor, wie ich mit ihr im warmen Schlafsack liege, anstatt hier mit einer Schusswunde am Bein und einem Gesicht wie der Glöckner von Notre Dame im Krankenhaus rumzusitzen, nach dieser beschissenen, beschissenen Nacht in diesem gottverfluchten Keller!

Ich bin rotzeifersüchtig.

»Geht schon klar«, sage ich.

Er nickt und glotzt mich an.

»Und?«, hakt er nach.

»Hä?«, mache ich. Was will er denn noch?

»Hattet ihr einen Autounfall?«, erinnert er mich an seine Frage.

»Ach so, jaja«, sage ich matt und erzähle im ihm schnörkellos die Geschichte, weil ich zu schlapp bin, um sie großartig auszuschmücken.

»Natter, der Depp, hat sein Auto gleich zweimal in den Graben gefahren und sich den Arm gebrochen. Wir sind dann zu einem Haus gelaufen, um Hilfe zu holen. Da waren aber diese drei Bankräuber aus dem Fernsehen: ein Großer, ein kleiner Nazi und ein Riese. Die haben Anarcho die Nase gebrochen und mir ins Bein geschossen.«

Ich deute auf den Schal auf meiner blutigen Hose.

»Aber wir hatten sogar noch Glück: Einstein wollten sie vergewaltigen und Sally die Eier abschießen – oder so. Aber dann kam der Besitzer von dem Haus mit Nena und einem Schäferhund. Die haben uns geholfen. Der Hausbesitzer hat den Riesen vermöbelt und – ach ja, dem haben wir noch versehentlich in den Arm geschossen und Nena dem kleinen Nazi ins Bein, also auch geschossen, meine ich, und auch nicht absichtlich. Na ja, der große Bankräuber ist dann natürlich abgehauen, aber den kriegen die Kollegen auch noch, also, die Bullen meine ich – bin ja jetzt auch Bulle, weißt du?«

Ich atme noch mal durch, überlege, ob ich was vergessen habe, bin aber zufrieden.

»Tja, und jetzt sind wir hier«, schließe ich.

Krüger sitzt mit offenem Mund da und starrt mich an. Er schielt kurz zu Nina und dem Polizisten. Plötzlich fängt er an zu nicken und grinst dämlich bis zu den Ohren.

»Alles klar, Schreiber, ihr hattet also einen Autounfall. Schade, dass ihr nicht mitfeiern konntet. Das müssen wir nachholen. Haben die hier einen Bierautomaten? Ich lade euch ein«, brabbelt er monoton und schaut sich suchend um.

Tja, das war er, unser Krüger. Irgendwo war er schon in Ordnung.

Ein Bier mit Krüger und den anderen und fünf Nadelstiche an meinem Oberschenkel später schleiche ich zu Hause in der Lugbank das Treppenhaus hoch. Oben sperre ich leise die Wohnungstür auf und schiebe mich mit meiner Gitarrentasche in die Diele. Bestimmt schlafen meine Eltern noch, weil's spät geworden ist.

»David?«, höre ich die Stimme meines Vaters aus dem Schlafzimmer kommen.

»Jaja, alles klar! Bin wieder da!«, rufe ich.

»Gott sei Dank! Heute Nacht war's arschglatt!«, ruft er noch, aber bei den letzten Worten wird seine Stimme schon wieder leiser.

Ich entsorge meine schmutzigen Sachen im Wäschekorb im Bad und verstecke meine blutige Jeans in einer Schreibtischschublade in meinem Zimmer. Mit letzter Kraft schaffe ich es sogar noch, zu duschen.

In bequemen, karierten Boxershorts steige ich ins Bett, rolle mich zusammen und bibbere mich warm.

Hinter meinem Fenster sinken schon wieder dicke Schneeflocken. So richtig hell ist es draußen immer noch nicht. Über meinem Schreibtisch hängt schon der Monatskalender für's neue Jahr. Es ist einer mit Bikinimädchen. Natter, Einstein und Anarcho haben ihn mir zum Geburtstag geschenkt. Sally hat das Geschenk allerdings als sexistisch und frauenfeindlich bezeichnet und mir dafür das rosa Stirnband geschenkt.

Das Januarmädchen trägt einen goldenen Bikini, dessen Oberteil sie fast wegsprengt. Die hübsche Blondine wirft sich in Pose und lächelt mich an. Sie erinnert mich ein bisschen an Samantha Fox. Ihr Lächeln ist das Letzte, was ich sehe, ehe ich in einen tiefen, traumlosen Schlaf sinke.

Es ist Mittwoch, der erste Januar 1986.

In der Blues Bar IV

Epilog – Ein Teil der Ewigkeit

Schreiber prostete der Vergangenheit zu und trank einen Schluck Bier.

Lucy, Thiele und Aurich sagten nichts, lauschten dem Blues und verdauten die Geschichte.

»Haben die Karin und den Großen noch geschnappt?«, fragte Aurich irgendwann.

Schreiber nickte.

»Die haben alle saftige Haftstrafen gekriegt, Karin am wenigsten, Blondie natürlich am meisten – unter anderem wegen versuchten Mordes an einem Polizisten, dem Kollegen bei der Bank.«

»Wahnsinn! Was ihr in der Nacht alles erlebt habt«, staunte Lucy. »Hat euch das als Freunde nicht richtig zusammengeschweißt?«

»Ach was«, winkte Schreiber ab. »Unsere Wege haben sich im Lauf der folgenden Jahre getrennt, wie das eben so ist im Leben. Natürlich haben wir uns anfangs noch manchmal getroffen, sind um die Häuser gezogen oder haben Schafkopf gespielt. Aber irgendwann war der Wurm drin, weil's zwischen Sally und Anarcho Stress gab. Als dann auch noch unser Wirt, der Linser, gestorben ist und der damalige Stöhrenkeller geschlossen wurde, sind die Kontakte immer mehr abgeebbt.«

»Weißt du, was aus ihnen geworden ist?«

Schreiber nickte.

»Einstein hat natürlich sein Fachabitur gemacht und später in München studiert, irgendwas Technisches.

Dann hat's ihn in den Norden gezogen, Hamburg. Er hat an der Sandkerwa eine Hamburgerin abgeschleppt, die sich als seine Große Liebe entpuppte. Sie war nicht nur aus reichem Haus, es passte auch sonst wie die Faust aufs Auge, weil ihr Vater eine große Firma für Computerchips hatte. Einstein hat sie irgendwann übernommen und leitet sie auch heute noch erfolgreich. Seit seine Eltern gestorben sind, kommt er so gut wie gar nicht mehr nach Bamberg.

Ich hab schon länger nichts mehr von ihm gehört. Das letzte Mal vor ein paar Jahren. Da hatte er zwei Töchter. Aber wer weiß, vielleicht hat er seitdem ja nochmal zugeschlagen.

Natter hat seinen Eltern erst von seiner Homosexualität erzählt, nachdem er von Zuhause ausgezogen war. Sein Vater hat es meines Wissens bis zum heutigen Tag nicht akzeptiert, seine Mutter kommt einigermaßen damit klar. Er hatte zwar noch ab und zu Kontakt zu seinen Eltern, aber seine Homosexualität stand wohl immer zwischen ihnen. Er ist nach Nürnberg gezogen, hatte Beziehungen und verschiedene Jobs. Ich habe ihn noch manchmal besucht und die eine oder andere Party mit ihm gefeiert – für mich gab's da leider nicht viel zum Abschleppen. Aber mittlerweile ist der Kontakt komplett abgerissen. Als ich ihn das letzte Mal gesehen habe, war er mit dem Besitzer einer Boutique zusammen, in der er auch selbst gearbeitet hat.«

Schreiber trank und dachte schmunzelnd an vergangene Zeiten.

»Und bei Anarcho und Sally hat es wirklich gekriselt?« hakte Lucy nach. »Aber waren die denn nicht unzertrennlich nach dieser Nacht?«

Schreiber lachte auf.

»Nun ja! Unzertrennlich würde ich das nicht gerade nennen. Die haben sich nämlich ein paar Monate später getrennt.

Sally hat ihren Job im Bioladen hingeschmissen, weil der Chef ihr an die Wäsche wollte. Er quatschte Sally immer voll, dass er mit ihr einen Haufen Kinder zeugen wollte, die alle nur biologisch wertvoll ernährt werden würden und nicht Fernsehen dürften. Sally nannte ihn hinterher nur noch den Öko-Nazi.

Jedenfalls haben es ihre Eltern tatsächlich geschafft, sie zu überreden, bei einer Bank anzufangen. Ein gutes Schulzeugnis hatte sie ja. Das war für Anarcho natürlich Hochverrat. Die Beziehung war in einer tiefen Krise, die wir, wie gesagt, alle zu spüren bekamen. Sally verwandelte sich vom hässlichen Entlein zum wunderschönen Schwan, kleidete sich schick und figurbetont, schminkte sich dezent und gewöhnte sich einen neuen aufrechten, selbstbewussten Gang an. Die Beziehung zu Anarcho zerbrach aber erst, als sie durch ihre neuen Bekanntschaften in der Bank immer mehr in Kreisen verkehrte, die für Anarcho quasi den Klassenfeind darstellten.

Anarcho hat sich nach dem Zivildienst in unterschiedlichen Jobs durchgeschlagen: Roadie irgendeiner Reggae-Band, freier Mitarbeiter bei einem Enthüllungsmagazin, Mischer der Hardrockband *Dr. Slime-Finger*, Verkäufer von Ethno-Schmuck, um nur ein paar Beispiele zu nennen. Seine wirkliche Berufung hat er aber gefunden, als er mit einem Kumpel einen alten Bauernhof bei Schesslitz übernahm. Respekt vor seinen Eltern, die ihn dabei unterstützt haben, weil sie an ihren Sohn glauben. Es ist ihm gelungen, einen florierenden Handel für Bio-Gemüse aufzuziehen, der auch heute noch gut läuft. Samstags steht er übrigens manchmal selbst an seinem Stand am Bauernmarkt beim *ZOB*.

Aber das Beste kommt noch: Irgendwann traf er Sally zufällig auf einer Party in der Wohnung eines Bekannten. Ich war auch da. Sally und Anarcho merkten auf den ersten Blick, dass sie sich noch liebten und im Grunde füreinander geschaffen waren. Es dauerte keine zehn Minuten, bis sie sich ins Bad verzogen und es für eine halbe Stunde blockierten. Anarcho steckte mir einmal, dass sie wie zwei ausgehungerte Wölfe übereinander hergefallen sind und dabei wohl ihren ersten Sohn Elias gezeugt haben. Sally ist kurz darauf auf Anarchos Hof gezogen, wo im Laufe der nächsten Jahre noch zwei weitere Söhne und eine Tochter folgten: Moses, Noah und Emily. Ihren Job bei der Bank hat Sally aufgegeben und die Buchführung für Anarchos Gemüsehandel übernommen.«

Wieder musste Schreiber schmunzeln.

»Zu Anarcho und Sally hab ich sogar noch Kontakt. Sie kommen ein paar Mal im Jahr nach Bamberg, und wir gehen zusammen einen trinken. Wir erzählen uns den üblichen Kram aus unserem Leben, lästern über alte Schulfreunde, Lehrer und so. Aber irgendwann kommen wir dann doch wieder auf die alte Geschichte dieser Silvesternacht 1985 – sie wird uns wohl nie ganz loslassen. Es war nun mal eine ganz besondere Nacht. Es war die Nacht, in der wir begriffen haben, dass wir sterblich sind, und durch diese Erkenntnis haben wir ein Stück unserer unbeschwerten Jugend verloren. Es war aber auch die Nacht, in der wir überlebt haben, in der wir als Freunde zusammenhielten und tapfer waren.«

Er lächelte schwach.

»Silvester 1985 – ist wirklich 'ne Ewigkeit her. Könnt ihr euch vorstellen, dass wir Songs wie *You keep me hangin on* von Kim Wilde, *Smooth Criminal* von Michael Jackson oder *Eternal Flame* von den *Bangles* überhaupt noch nicht kannten, weil es sie noch gar nicht gab? Wenn ich sie heute im Radio höre, kommt es mir vor, als wären diese Lieder schon immer da gewesen.«

Versonnen nickte Schreiber vor sich hin. Sein Blick versank in der goldgelben Flüssigkeit in seinem Glaskrug.

»Wir dachten bis zu dieser Nacht wirklich, wir würden ewig leben. Und wer weiß? Vielleicht hatten wir ja sogar irgendwie Recht, denn genau wie diese Silvesternacht wird jeder andere Augenblick unseres Lebens, also unsere ganze Existenz, für immer ein Teil der Unendlichkeit bleiben. Es war eine Nacht wie diese. Da war es genauso kalt wie heute. Und der Schnee lag sogar noch höher.«

Peter Ritter bei vmn

Bullen-Blues

Mord im Hainpark: Die junge Studentin hat keine Chance, als sie beim Joggen ihrem Mörder in die Arme läuft. Der Täter ist perfekt vorbereitet, hinterlässt praktisch keine Spuren. Mit diesem Verbrechen sieht sich das neue Bamberger Ermittlerteam, die Hauptkommissare David Schreiber und Sophie Thiele, in seinem ersten gemeinsamen Fall konfrontiert. Beim Auftritt mit seiner Bluesband kann Hobbymusiker Schreiber abschalten. Aber muss er nicht befürchten, dass der Täter ein zweites Verbrechen plant? Bald lässt ihn die Ermittlungsarbeit nicht mehr los.
272 Seiten, 9,90 Euro, Taschenbuch,
ISBN 978-3-940168-21-4

Seiten-Springer

Ein stadtbekannter Playboy wird in seiner Bamberger Wohnung brutal niedergestochen. Zur gleichen Zeit verdirbt ein hinterhältiger Racheakt den Auftritt Schreibers mit seiner Bluesband. Der Polizist verdrängt den privaten Ärger und nimmt mit seiner Kollegin Sophie Thiele die Ermittlungen auf. Schnell stellt sich heraus, dass sich der Ermordete durch sein ausschweifendes Sexualleben zahlreiche Feinde gemacht hatte. Ein gehörnter Ehemann scheint besonders verdächtig. Doch ist er tatsächlich der Täter?
296 Seiten, 9,90 Euro, Taschenbuch,
ISBN 978-3-940168-43-6

JOSEPH RAUCH BEI *vmn*

Der tiefe Fall

Eigentlich ein aussichtsloser Auftrag: Philipp Marlein soll Ermittlungen in einem bereits achtzehn Jahre zurückliegenden Mordfall anstellen. Doch dann findet der Fürther Privatdetektiv mehr, als ihm lieb ist: wo er auch hintritt, pflastern frische Leichen seinen Weg. Marlein gerät immer tiefer ins Schlamassel, wird von der Polizei als Mörder gejagt, und landet auf seiner Flucht schließlich im Fußballstadion, wo gerade ein entscheidendes Pokalspiel zwischen den Erzrivalen aus Fürth und Nürnberg ansteht …
280 Seiten, 12,80 Euro, Taschenbuch
ISBN 978-3-940168-92-4

Rickeracke

Ein ›Max und Moritz‹-Krimi

Auf einem Einödhof werden vier Hühner tot und grotesk arrangiert aufgefunden. Ein banaler Kinderscherz?
Den Beteiligten vergeht aber ziemlich schnell das Lachen, als sie merken, dass der ›Hühnermörder‹ mit wachsender Brutalität das ganze Repertoire der ›Max und Moritz‹-Streiche nachspielt.
Ein spannender und atmosphärischer Kriminalroman, der gleichzeitig eine komplette ›Max und Moritz‹-Ausgabe mit allen Bildern beinhaltet.
144 Seiten, 14,00 Euro, gebunden,
ISBN 978-3-940168-27-6

MATTHIAS FISCHER BEI vmn

Die Farben des Zorns

Drei Ärzte sind einem Serienkiller in Frankfurt am Main, Gießen und Hanau bereits zum Opfer gefallen, als ein weiterer Mord im Hexenturm in Gelnhausen entdeckt wird. LKA-Hauptkommissar Dr. Christoph Caspari ermittelt.
340 Seiten, Taschenbuch, 9,90 Euro,
ISBN 978-3-940168-46-7

Tödliche Verwandlung

Casparis zweiter Fall

Mitten in Frankfurt wird ein erfolgreicher Musikproduzent ermordet, seine Leiche inszeniert wie eine Kreuzigung. Wenig später schlägt der Mörder wieder zu. Sein Opfer: der Manager der Rapperin Tiziana. Für Caspari und seine Kollegen beginnt ein Wettlauf mit der Zeit.
416 Seiten, Taschenbuch, 9,95 Euro,
ISBN 978-3-940168-07-8

Schlafender Drache

Casparis dritter Fall

Kaum hat Dr. Christoph Caspari seine neue Arbeitsstelle im Bundeskriminalamt Wiesbaden angetreten, wird in Bad Orb der Geschäftsführer eines Weltkonzerns ermordet. Und zu allem Überfluss findet die Spurensicherung Fußabdrücke von Casparis Freundin Clara am Tatort ...
288 Seiten, gebunden, 19,90 Euro,
ISBN 978-3-940168-38-2

Fritz Deppert bei vmn

Buttmei

Ein Krimi aus Südhessen

Philipp Buttmei, ein pensionierter Kriminalkommissar und Junggeselle, genießt mit seinem Hund Theo die neu gewonnene Freiheit vom Berufsleben. Obwohl er sich geschworen hatte, nie wieder kriminalistisch tätig zu werden, versucht er im Odenwald das Verbrechen an einem Freund aufzuklären. Als er bei der Tochter seines verstorbenen Freundes Quartier nimmt, tritt eine offene Feindschaft zu Tage. Aber auch die ›Mauer des Schweigens‹ beginnt zu bröckeln.
200 Seiten, gebunden, 14,00 Euro,
ISBN 978-3-940168-04-7

Buttmei findet keine Ruhe

Der Mord an Rudi, dem obdachlosen Bekannten Philipp Buttmeis, zwingt den pensionierten Kriminalkommissar dazu, wieder in Darmstadt zu ermitteln. Bald stellt sich jedoch heraus, dass es sich wohl nicht um Streitigkeiten im einschlägigen Milieu handelt. Eine Spur weist vielmehr auf ein kriminelles Netzwerk hin. Ruhig, aber scharfsinnig geht Buttmei an seinen neuen Fall heran, der sich und insbesondere seinen Hund Theo bald in große Gefahr bringt. Besinnung versucht er zwischendurch bei Besuchen im Odenwald zu finden.
220 Seiten, Taschenbuch, 9,90 Euro,
ISBN 978-3-940168-26-9

Herbert Scheuring

Deutschland sucht die Superkuh

Was ist besser – baden oder browsen? Wer sucht Deutschlands Superkuh? Und wovor warnen die Warner Brothers? Dieses Buch hilft, die Welt besser zu verstehen. Es gibt Antworten auf vieles, was man heute wissen muss. Die Glossen von Herbert Scheuring führen den Leser zu religiösen Walen, betrunkenen Planeten und mitten hinein ins Irrenhouse des Modern Talking.
220 Seiten, Taschenbuch, 9,90 Euro,
ISBN 978-3-940168-42-9

Frank Weichhan

Der Frauenversteher

Zwischen Frauen und Männern gibt es Millionen von Missverständnissen. Doch damit ist es jetzt vorbei: Der Frauenversteher stürzt sich ins Geschlechterkampf-Getümmel. Mit dabei: Kalorien-Tierchen, Gockel-Aufstand und Rote-Rosen-Regen. Keine Frage bleibt unbeantwortet: Reichen sechs Zentimeter? Müssen Frauen wirklich immer frieren? Wie war die Schöpfungsgeschichte wirklich? Morden Frauen anders? Er kennt die Antworten: der Frauenversteher.
184 Seiten, Taschenbuch, 9,90 Euro,
ISBN 978-3-940168-73-3

Joachim Spies

Die Babenberger Fehde

Franken. Der Winter hat das Land im Griff. Doch in den verschneiten Wäldern um Bachbronn brennt das Feuer der Leidenschaft. Zwischen den alten Geschlechtern der Konradiner und der Babenberger spitzt sich das Ringen um die Vorherrschaft zu. In die Fehde mit hineingezogen, stehen der Finanzbeamte Manni und der geschichtsbegeisterte Paul Schlönhardt an Scheidepunkten ihres Lebens: Wer hat Recht? Wer liebt wen? Und wie weit darf sich ein Franke eigentlich mit den Bayern einlassen?
280 Seiten, 15,00 Euro, gebunden,
ISBN 978-3-940168-00-9

Britta K. Krebs

Tod am Turm

Ein vermeintlich fassadenkletternder Weihnachtsmann entpuppt sich als Toter. Kriminalhauptkommissar Wagner ermittelt in diesem Mord an einem offenbar sehr beliebten jungen Mann. Doch je länger er nachforscht, umso länger wird die Liste möglicher Mörder.
352 Seiten, 12,80 Euro, Taschenbuch,
ISBN 978-3-940168-93-1